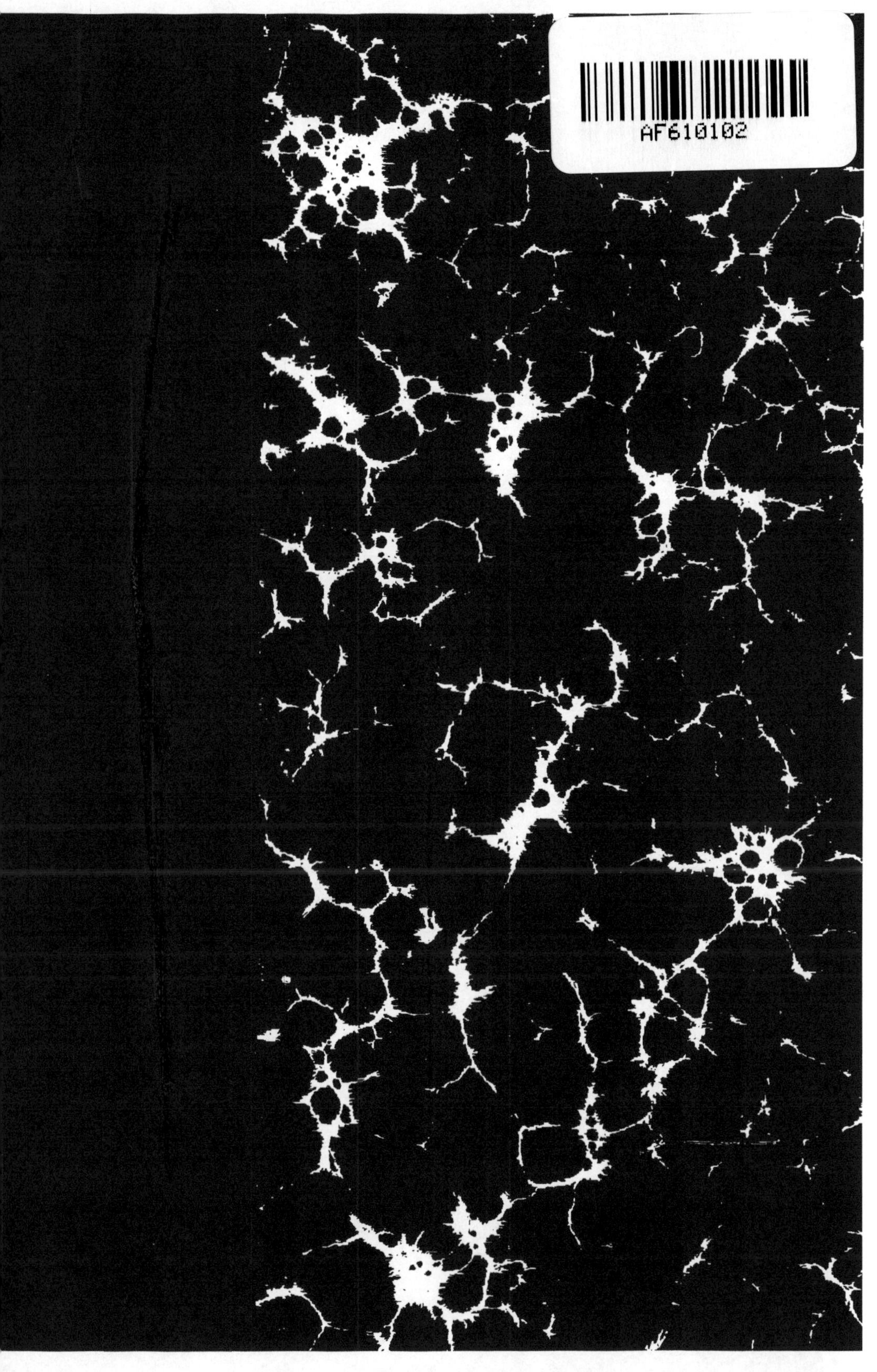

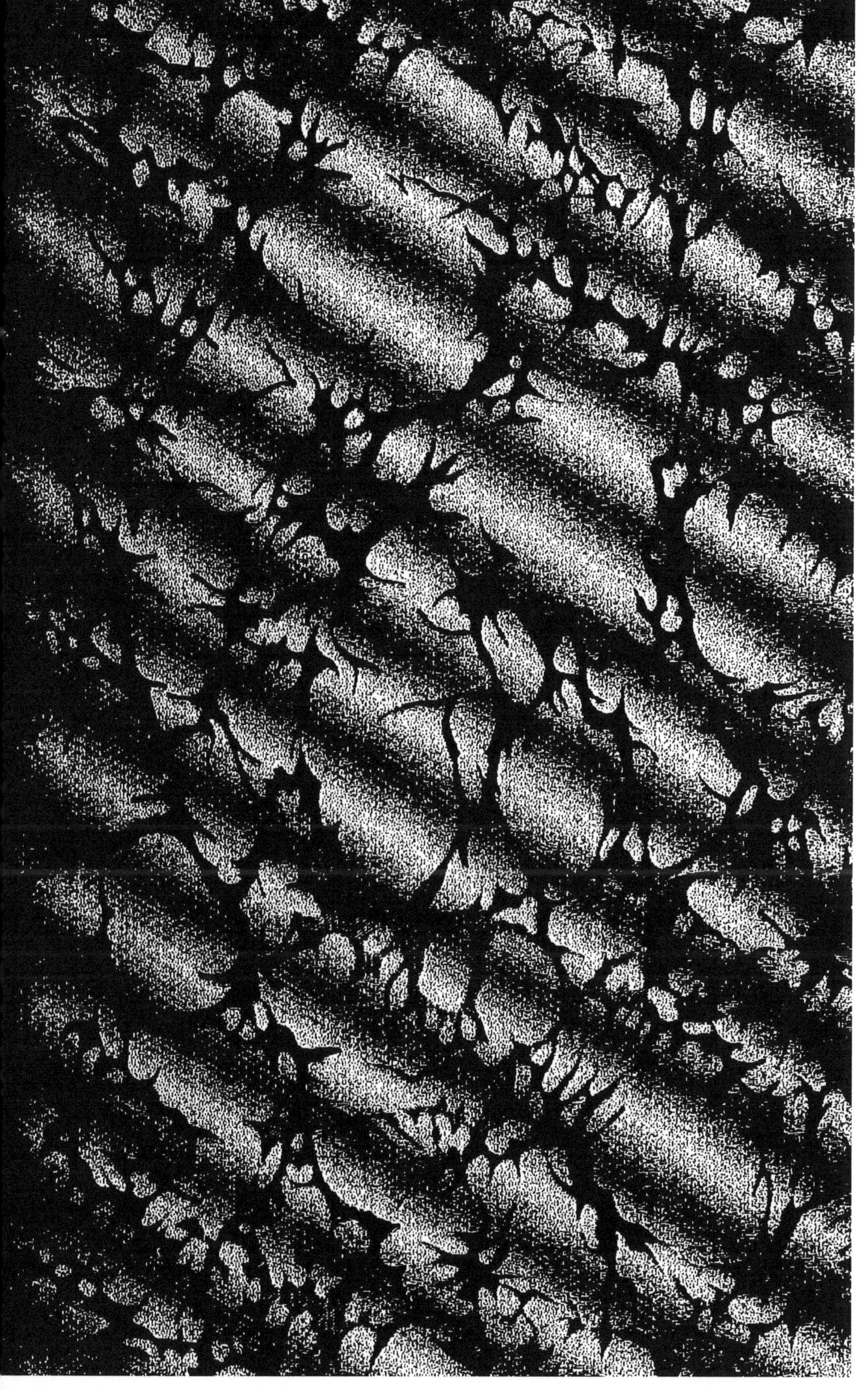

PAUL LUTEL

# LA LÉGENDE
DE
# CHAMPAGNE

> Τάχοσ ἐπὶ πᾶσι Χρησιμον, και μάλιστα
> εἰ μη ἀπορία τῶν λεκτέων εἴη.
>
> Λουκιανοσ.

PARIS
ALPHONSE LEMERRE, ÉDITEUR
27-31, PASSAGE CHOISEUL, 27-31

M DCCC XCI

# LA LÉGENDE

DE

# CHAMPAGNE

Ouvrage tiré à 100 exemplaires sur papier teinté.

PAUL LUTEL

# LA LÉGENDE

DE

# CHAMPAGNE

PARIS
ALPHONSE LEMERRE, ÉDITEUR
27-31, PASSAGE CHOISEUL, 27-31

M DCCC XCI

*A CHARLES DES GUERROIS*

*le plus intime de nos poètes de Champagne*

*je dédie ce volume de légendes.*

Au printemps, j'ai chanté mes petits enfants blonds ;
Mais les soleils d'été sont morts avec les roses,
Et les pauvres petits prenant des airs moroses
Songent avec ennui que nos hivers sont longs !

Regardant tour à tour les ombres des plafonds,
Les lions des chenets, en leurs apothéoses,
Les chimères, les sphinx chauffant leurs ongles roses,
Mes amis sont plongés dans des rêves profonds.

Pour sortir leur esprit des songes fantastiques,
J'ai composé pour eux des légendes antiques
Que je leur dis, le soir, en attisant le feu ;

Mais peignant sur fond d'or mon humble répertoire,
Témoin de mes récits, la muse m'aide un peu ;
C'est pourquoi dans des vers je raconte l'histoire.

---

# LA LÉGENDE DE CHAMPAGNE

## INVOCATION

Génie admirateur de la vaillance antique,
O muse, montre-moi notre race celtique,
Alors qu'elle vivait dans la simplicité
Des lois de la nature et de la liberté.
Aux temps où les forêts obscurcissant la Gaule,
La neige y recouvrait la terre, comme au pôle.
Avant que la charrue ait ouvert aux moissons
L'âpre virginité d'un sol sous des glaçons.
Avant que sur le grès la gerbe fût moulue,
Evoque sous mes yeux la Gaule chevelue !

Un instant, fais revivre échevelés et nus,
Ces robustes Gaulois, nos pères inconnus :
Soit que se préparant des haches pour la guerre,
Ils taillent dextrement la pierre avec la pierre ;
En usant le silex contre le polissoir.
Soit qu'ils viennent en cercle autour du feu s'asseoir,
Ecouter les récits d'un aïeul vénérable
Et durcir au brasier leurs javelots d'érable.

Soit que chasseurs ardents, — à travers les *pagi*,
Et, sous les bois profonds, suivant le pas rougi
D'un animal blessé qui rentre en sa tanière, —
Ils viennent assiéger la bête prisonnière.
Soit que sur les rameaux d'un arbre renversé
Ils portent, pleins d'orgueil, un cerf qu'ils ont forcé,
Et, tout fiers d'un butin conquis par leur adresse,
— Leur amour filial perçant sous leur rudesse, —
Au fond de leur caverne, ils rentrent triomphants,
Offrir leur proie aux vieux qui bercent les enfants.

Ou soit qu'accourant tous en masse, au cri de guerre,
J'entende sous leur pas trembler la vieille terre
Des aïeux ! Leurs forêts que Rome ose envahir...
Soit qu'au milieu du Der que rien ne peut trahir,

Sous l'effroyable nuit des chênes et des hêtres,
Muse, ton bras m'entraîne à l'autel de leurs prêtres.
Devant la pierre infâme où leur férocité
Offrait le sang humain à la divinité.

O muse, toi qui fus le témoin de ces choses,
N'imite pas le sphinx dont les lèvres sont closes.
Retrace sous nos yeux les siècles disparus,
Montre aux petits-enfants leurs aïeux inconnus.
Fais redescendre aussi de leurs saints reliquaires,
Ceux-là qui les premiers ont policé nos pères,
Renversé les menhirs et l'idole d'osier
Réclamant de la chair pour son rouge brasier.

---

## LES OURSINS DE LA FORÊT D'OTHE

Lorsque se confondaient dans un commun déluge,
L'eau s'écroulant des cieux, l'eau débordant des mers,
Les oursins dans nos bois trouvèrent un refuge,
Prenant pour des rochers les troncs des arbres verts.

La forêt d'Othe, alors sous l'onde ensevelie
Vit ces hôtes marins chercher dans les buissons,
Pour apaiser leur faim, la ronce ramolie ;
Et brouter à côté de nos colimaçons.

Dieu n'avait pas dessein de perdre l'*échinide* ;
Mais de fournir la preuve aux savants d'aujourd'hui
Qu'il avait fait périr dans l'élément humide,
Les géants nos aïeux, révoltés contre lui.

Et quand Dieu fut vengé, la mer obéissante,
— Sous l'arc aux sept couleurs au front du ciel inscrit,—
Refoulant dans ses bords sa masse envahissante,
Abandonna chez nous ce mollusque proscrit.

Or, comme ce témoin des œuvres de colère
Paraissait si chétif qu'un oiseau l'eut brisé,
La nature prit soin de revêtir de pierre
La fragile paroi de son globe irisé.

---

## *PAGI*

Entrons chez les aïeux, pauvres, mais vénérables;
Établis au milieu des bois impénétrables.
*Pagus laticensis* : c'est le pays caché,
Que le feu, seulement par place, a défriché;
Car la hache de pierre est à peine connue ;
Et l'antique forêt, qui menace la nue,
Se serait ri, d'ailleurs, de qui naïvement
Eut pris, pour l'attaquer, un si faible instrument;
C'est pourquoi, sous les nefs de la forêt mouvante,
L'homme sauvage a mis la flamme dévorante :
Propageant l'incendie immense et triomphant,
A travers le Dervus que son âge défend.

Sans voile, sans parure, ici la chair est nue :
Merveilleuse beauté de la race inconnue.
Je t'admire sous l'ombre épaisse de ces bois ;
Penchée a deux genoux sur la source où tu bois.
Où serrant dans tes bras le mâle au fond de l'antre
Sous le tertre d'argile où la famille rentre.
Car une simple fosse est le repaire obscur
Où chacun est heureux d'avoir un abri sûr.
L'hiver, pour fuir les loups et les intempéries,
L'été, le grand soleil qui brûle les prairies.
Ce logis est semblable au sépulcre d'un mort.
Néanmoins, quand il plaît d'en sortir, on en sort,
Quand le frisson de l'aube éveille la nature ;
Mais, la nuit, le pagus est une sépulture.

Oh ! ne les plaignons pas ces peuples primitifs,
Parfois très occupés, plus souvent, très oisifs.
Ils sont si satisfaits, autour du feu qui brille,
De rôtir le grand ours que l'on mange en famille !
Personne d'attendu : chacun est près des siens.
Ils n'ont rien d'imprévu que l'aboiement des chiens
Signalant un lancer de quelque bonne proie.
— Un cerf est-il-forcé ? — Les voilà tous en joie ;
Et leurs petits, tournant autour des troncs mousseux,
Pour regarder la bête abandonnent leurs jeux.

—Oh ! ces enfants, blond—roux, déjà fiers de leur force,
Et de leurs longs cheveux ondulant sur leur torse !
Ils n'ont qu'un jeu, la lutte, et leurs jeunes ébats
Assouplissent leurs corps, pour les futurs combats.
Un langage guerrier, déjà, sort de leurs bouches,
Ces enfants seront bien les défenseurs farouches
De leur sol envahi par les consuls romains.
Ils seront la terreur de Rome et des Germains.
Et, quand Jules César aura, dans les batailles,
Vu ces héros rougis de sanglantes entailles,
Jetant leurs boucliers, venir avec dédain
Provoquer presque nus ses légions d'airain,
Alors, il comprendra que son orgueil l'abuse
Et qu'il ne les vaincra jamais que par la ruse.

---

## CHEZ LES DRUIDES

Dieu Teutatès, pardon! me voici chez tes prêtres...
J'ai suivi le ruisseau serpentant sous les hêtres,
Que l'eubage a creusé lui-même de sa main
Et qui m'a dans ces lieux guidé comme un chemin.
Et j'ai devant les yeux, — frères des Euménides, —
Le sinistre Agora des cruels Saronides.
Ils sont vêtus de blanc; ils sont couronnés d'or.

Le sang qu'ils vont verser ne jaillit pas encor...
Les bras liés au dos, dans l'horreur de l'attente,
La foule des captifs, dans l'ombre se lamente.
Et, sur la cuve en pierre où doit couler le sang,
La prêtresse se penche, une faucille au flanc,
Prête à saisir le sens des arcanes intimes;
Et ses sœurs, pour couvrir la plainte des victimes,

Soufflant dans des buccins faits de corne d'auroch
Dansent sur un menhir dont s'ébranle le roc.
Et leur ronde sourit de ce rocher qui bouge...
Cependant, sous la ronce, il coule un ruisseau rouge
Les prêtres tout à coup poussant des cris vainqueurs,
Élèvent vers le ciel leurs mains pressant les cœurs
Qu'ils viennent d'arracher vivants de vingt poitrines!
L'odeur du sang qui fume écarte leurs narines,
Et leur bouche se tord en un rictus affreux,
— Pas un d'eux n'entendit hurler ces malheureux,
Qu'ils viennent d'éventrer selon leur rite infâme :
Insensibles et sourds, ces prêtres n'ont point d'âme.

Nul râle ne s'entend... leur triomphe est parfait
Et leur dieu Teutatès doit être satisfait !

---

## LES PRÊTRESSES DU DER

Les sœurs de Velléda dansent sur la bruyère.
La verveine tressée ombrage leur paupière,
Et, sous les bois ombreux tamisant la lumière,
Le soleil indiscret sourit sur leurs pieds nus.
Bravant la cruauté du farouche druide,
Il boit le sang versé sur l'herbe encore humide
Où pour trouver ses sœurs la vestale timide
A suivi dans le bois des sentiers inconnus.

Dans des rondes mêlez vos gorges, vos épaules
Roses comme la neige éclatante des pôles.
Dénouez vos cheveux ! blondes filles des Gaules,
Les chênes du dervus contemplent vos ébats !
Et rougissant vos flancs de profondes entailles,
Chantez pour Teutatès, puissant dieu des batailles

Dont les désirs secrets sont lus dans les entrailles,
Chantez, vive le sang versé dans les combats !

Chantez, vive le sang dont s'abreuve la terre,
Quand les prêtres savants à résoudre un mystère,
Pour connaître les vœux de leur dieu solitaire
Entr'ouvrent lentement le ventre d'un captif.
Savantes à marquer le pas de Terpsychore,
Pour apaiser les dieux, chantez ! chantez encore !
Prêtresses des forêts, quand la flamme dévore
Dans l'idole d'osier l'esclave brûlé vif.

---

## LA CHAMPAGNE POUILLEUSE

*La vue est belle et grande aux plaines de Champagne.*

CH. DES GUERROIS.

O *Kann-pann*, pays blanc, pays des blanches craies,
Les antiques combats t'ont rougi de leurs plaies;
Mais leur sang généreux n'engendra dans tes flancs
Que de rares sapins, palmiers des déserts blancs !

Cependant nous t'aimons, pays des vastes plaines.
*Campania* salut ! point d'importunes chaînes,
De pics ardus et lourds, sans fleurs et sans gazons,
Ne cachent à nos yeux les lointains horizons :
Là, comme au sein des flots, l'on voit le soleil naître ;

Puis, dans la pourpre et l'or on le voit disparaître

Sans qu'un mont, le couvrant comme un vaste éteignoir,
Jette soudain sur lui l'ombre de son flanc noir.

Nous avons, tout le jour, le soleil sur nos têtes !

Nous voyons dans les champs les hommes et les bêtes
Aussi loin devant nous que peuvent voir nos yeux.
Oh ! nous t'aimons ainsi pays de nos aïeux,
Avec tes chaumes bruns abaissés jusqu'à terre
Sous lesquels chacun dit : c'est le toit de mon père.
C'est la maison bâtie à l'ombre du tilleul
Que mon père avait vu planter par son aïeul,
Celui qui répara le premier la muraille.

Ces modestes logis faits de craie et de paille
Nous rappellent à nous paisibles Champenois
La margelle d'argile où naissaient les Gaulois.
Ces lions d'Occident, que nous comptons pour pères,
Quand César les surprit, vivaient dans ces repaires.
Et c'est sur notre seuil qu'ils furent massacrés.

Ah ! si de tels aïeux sont à jamais sacrés,
Honneur ! aux descendants de la Gaule celtique,
A leur postérité patiente et rustique
En lutte avec le sol dont elle a triomphé,
Et que sa main puissante elle-même a greffé !

Honneur ! au paysan qui répand la semence
Guidé dans son travail par la seule espérance
Que le puissant soleil — le seul dieu bon pour lui, —
Forcera bien la terre à lui rendre meshui !

Un morceau de pain d'orge et l'amble de ses vaches !

Mais les maigres sapins sont tombés sous les haches,
L'homme a forcé la terre à la fécondité
Et le désert crayeux cache sa nudité
Sous les colzas dorés et les sarrasins roses.
Le sol arcisien n'a plus ses airs moroses.
Les bluets, les pavots nés dans ses champs herbus
Encadrent ses champs d'orge et ses seigles barbus.
Et les rouges sainfoins et les luzernes bleues
Le suivant, s'alternant pendant plus de cinq lieues,
Semblent vêtir la plaine avec un des manteaux
De ces bergers rêveurs qui gardent les troupeaux.

---

## LES DIEUX DE LA GAULE

Le firmament, vaste manteau,
Le vent qui dort sur le coteau,
Le ciel, le vent, la terre et l'eau
Sont les dieux qu'adoraient nos pères :

Redoutant la divinité,
Ils n'avaient point la vanité
D'attenter à sa liberté
Pour l'enfermer dans leurs repaires !

Il leur fallait des dieux puissants,
Des dieux qui méprisent l'encens,
Comme les flots retentissants,
Comme les cieux, comme la terre !

Et, parent du grec Ogygès,
Frère d'Osiris ou d'Hermès,
Avant tous, leur dieu Teutatès,
Terrible en son bois solitaire.

---

## LA GAULE ROMAINE

Civilisation, je te crache à la face !
Car la liberté sainte en te voyant s'efface.
Ah ! quiconque a dormi dans tes bras séducteurs,
Bientôt chargé de fers par les soins des licteurs,
Regrette le baiser qu'il a pris sur ta bouche...
Ainsi qu'un chien docile, il faudra qu'il se couche
A tes pieds !
Quelle honte ! à ce peuple si fier,
— Qui lançait librement son javelot dans l'air,
Et menaçait les dieux et les maîtres de Rome, —
D'être esclave romain et d'adorer un homme,
L'empereur !
— Comment donc, redoutables aïeux,
Qui n'aviez qu'un souci, l'effondrement des cieux

Et des astres croulants sur vos fronts invincibles,
Comment put s'infiltrer dans vos cœurs irascibles,
L'esprit des trahisons, pour de vils intérêts
Et le renoncement à vos chères forêts... !

---

## *SANCTUS PATROCLUS IN COLLE*

### I

Le tertre est dévoré par le soleil qu'il brave,
Rome ayant enlevé son ombre et ses rameaux.
Plus semblable aux captifs qu'elle accable de maux,
Ce faîte lui plaît mieux rasé comme un esclave.

Quand elle eut arraché les chênes des aïeux,
Rome chargea ce mont du poids de ses idoles,
— Orbites sans regards et fronts sans auréoles —
Là dans un temple grec elle entassa ses dieux.

Et les oiseaux des bois n'ayant plus un tronc d'arbre,
Venaient poser leurs œufs dans le granit sculpté
Et les jeunes amants tremblants de volupté
Rayaient de leurs doux noms les colonnes de marbre.

Et les Celtes-Gaulois négligeant Teutatès,
Le dieu qui les guidait jadis dans les batailles,
Priant les nouveaux dieux captifs dans leurs murailles,
Demandaient des épis à la blonde Cérès.

Et le pagus antique, alors cité romaine,
— Dite Augustobona, par honneur pour César, —
Allumait l'encens bleu derrière son rempart
Pour ces divinités qui dominaient la plaine.

Mais la croix de Jésus, au plus profond du val,
S'élève où doit plus tard surgir un monastère ;
L'ombre d'un Dieu s'attache à ce symbole austère,
Les dieux du Capitole ont un puissant rival.

## II

Or l'amour de la croix est la douce folie
Qui saisit Patroclus dans son riche palais.
Il a fui les grandeurs pour vivre désormais
Loin du culte abhorré venu de l'Italie.

Sa noblesse et ses biens, que lui semblaient-ils donc
Au prix de se courber devant l'idole infâme !
Pour adorer Jésus, doux ange au cœur de femme,
Il s'est construit lui-même une hutte de jonc.

L'homme n'a pas le droit de se choisir des dieux !
— Le saint chargé de fers chauffés au rouge sombre,
Voit soumettre sa chair aux tortures sans nombre
Mais ses yeux obstinés n'ont pas quitté les cieux.

En présence du juge, il frappe d'anathème
Les grands olympiens qui semblent consternés
Et devant les bourreaux et le peuple étonnés
Il proclame son Dieu le seul être suprême.

Dans une anse où le fleuve est bordé de roseaux
Le saint fut amené vers la troisième aurore.
— Quelle put être alors sa prière ? — On l'ignore ;
Mais il avait horreur de périr dans les eaux...

Mourir comme saint Jean, c'était un privilège :
Or le crime accompli, tandis que le bourreau
Remettait en tremblant son épée au fourreau
Voici ce qu'il advìnt, miracle ou sortilège :

La mort n'abattit point son corps décapité ;
Son sang ne jaillit point de la terrible entaille ;
Mais ramassant sa tête et redressant sa taille,
On vit marcher cet homme avec solennité.

On le vit d'un pas ferme atteindre la colline
Et là, devant le temple, en face des faux dieux,
Comme pour protester contre un culte odieux,
Poser sa tête... avec la majesté divine !

O vous, maîtres cruels que Rome se donna,
Dieux jaloux de la myrrhe et de l'encens des mages,
Fausses divinités, où sont donc vos images
Depuis que les chrétiens chantent leur *Hosanna !*

Vous n'avez même plus une ombre qui m'effraie.
Vos métaux sont fondus, vos temples écroulés,
Et depuis environ dix siècles écoulés,
Le saint possède encore son église de craie !

---

## SAINT SAVINIEN

Les monts ayant perdu leur couronne de chênes,
Perdaient le souvenir du culte des aïeux.
Le vainqueur avait dit : faites place à mes dieux !
Et l'idole semblait avoir rivé les chaînes.

Redoutant le courroux des maîtres sans merci,
Les Gaulois se courbaient devant les dieux d'argile,
Lorsqu'un Grec inspiré leur prêchant l'évangile
Implanta son bâton en s'écriant : Foici !

Or ce bois desséché, sans sève sous l'écorce,
Bâton de voyageur, de pâtre ou de bouvier,
Se couvre tout à coup des fleurs de l'olivier
Et devient un arbuste orgueilleux de sa force.

Comment Savinien ose braver César,
Lorsque rien ne résiste à ce maître du monde,
Fier de traîner sanglants dans la poussière immonde
Tétricus et son fils qu'il attache à son char ;

César Aurélien, le vainqueur de Palmyre
Le vainqueur des rois Goths que lui seul a domptés ;
Le pacificateur des Bretons révoltés
Foulant avec dédain la Gaule qui l'admire !

Quelle sotte démence obsède ce vieux prêtre !
Refuser d'adorer l'empereur immortel ;
De brûler devant lui l'encens bleu sur l'autel...
Ne redoute-t-il pas de passer pour un traître ?

Cet homme est de la secte infâme des sorciers,
Qu'avec ses criminels, Rome abandonne aux bêtes...
Mais pour le tourmenter, les tenailles sont prêtes,
Et le casque d'airain rougit dans les brasiers.

Cependant, pour briser sa puissante ossature,
Qu'au lit d'un chevalet on distende ses os
Et que des dards aigus taillés dans des roseaux
Sous ses ongles sanglants appliquent la torture.

Qui n'obéirait pas au sombre *imperator* ?
Et ses gardes s'en vont se saisir de l'apôtre ;
Mais, ô lâches licteurs, quelle crainte est la vôtre,
Le saint vous apparaît plus redoutable encor...

Dans le creux d'un rocher que recouvre le lierre,
Il prie à haute voix son dieu de pardonner
Et les soldats romains venus pour l'enchaîner,
A genoux près de lui, répètent sa prière.

Ainsi l'on a bravé le maître tout puissant!
Ses gardes, — quatre-vingts ! — ont la tête tranchée ;
Mais la soif de vengeance est loin d'être étanchée :
Le tigre entre en fureur au seul aspect du sang.

Savinien subit d'effroyables supplices;
Mais son calme a troublé les infâmes bourreaux
Qui tombent à genoux implorant le héros
Dont l'empereur lui-même a craint les maléfices.

Qu'il meure ! a dit César. Et l'on dresse un bûcher.
Mais l'huile active en vain l'ardeur de l'incendie;
Comme on voit les lions, nés dans la Numidie
Ramper aux pieds des saints et venir les lécher,

Autour du doux martyr les flammes dévorantes
S'écartent sans avoir effleuré son manteau.
— Qu'on le livre aux archers ! qu'on l'attache au poteau!
Mais les traits sont saisis par les brises errantes.

Est-ce infâme magie ou l'œuvre du hasard ;
Cet homme a-t-il pour lui quelque dieu secourable ?
— Refusant de percer sa chair invulnérable
Une flèche revient crever l'œil de César...

En attestant les dieux qui protègent l'empire,
Devant tous ses soldats, le prince fait serment
Que Savinianus inévitablement
Périra dans trois jours par un supplice pire.

Or, comme ils ramenaient le saint dans sa prison,
Les gardes aveuglés n'ont plus vu la lumière
Et lui donc, reprenant sa tâche coutumière,
Prêche au-delà des monts qui ferment l'horizon,

— Qu'on allume des feux dans la forêt profonde !
Qu'on fouille les buissons, les halliers ténébreux ;
Qu'on sonde les ravins, les puits, les rochers creux
Et les antres secrets, creusés au bord de l'onde !

Le traître n'est-il pas caché dans ces roseaux,
Conduit là par les soins d'une nymphe opportune...
S'il veut nous échapper qu'il invoque Neptune !
Mais quoi donc !... il s'enfuit... il marche sur les eaux !...

La barque d'un pêcheur amarrée à la rive
A servi de passage aux bourreaux acharnés ;
Eh quoi ! devant l'apôtre, ils restent fascinés...
Mais lui qui veut mourir, lui-même les active :

Rapportez à César, — au mépris de ses dieux, —
Quelques gouttes du sang que vous allez répandre,
Dit-il, et que mon Dieu, qu'il refuse d'entendre,
Rouvre son œil éteint à la clarté des cieux.

A peine Aurélien eut-il sur sa blessure,
Comme un bandeau taillé dans la pourpre de tyr,
Posé le lin rougi dans le sang du martyr,
Que le jour pénétra dans sa prunelle obscure.

Pour un si grand bienfait, César dit-il merci ?
— Que nous importe donc ! Les dieux sont en poussière
Et ton prêtre, ô Jésus, nous tenant en lisière
Après seize cents ans répète encore « Foici ! »

## SABINIANA

Après s'être exposée aux flots des mers voraces,
Quand Sabiniana, qui venait de Samos,
Pour retrouver son frère au pays des Tricasses,
Ne trouva qu'une tombe où blanchissaient ses os;

Et, quand elle eut appris des lèvres de Licère
Le supplice et la mort de Savinianus,
Courbant sous la douleur sa face jusqu'à terre,
La sainte soupira son dernier *Oremus*.

— Elle avait tout quitté, pour retrouver l'apôtre ;
Elle avait fui sa mère et renié ses dieux ;
Quitté son doux climat pour les brouillards du nôtre ;
Laissé ses archipels et ses horizons bleus.

Elle avait parcouru vingt peuples qu'on redoute
Sans autre protecteur qu'une humble sœur de lait ;
Elle avait triomphé des périls de la route,
Puis arrivée au but, son espoir s'envolait... !

— Alors, devant celui qni tient la destinée,
Cette fille des Grecs, cette sœur d'un martyr,
Sur la terre étrangère, en priant prosternée,
Obtint par son amour, le bonheur de mourir.

---

# LA LÉGENDE DE SAINT LOUP

## I

### CAMPUS MAURIACUS

Campus Mauriacus ! champ romain et barbare,
Témoin de la valeur des robustes aïeux,
Tu les as vus jadis vaincre le roi tartare
Dont la horde est couchée en ton terrain crayeux.

Ton sol doit rapporter plus qu'aucun sol du monde :
Quatre cent mille morts l'ont nourri de leur chair !
Chacun de tes sillons où croît la moisson blonde
A bu le sang des Huns : ton engrais coûta cher !

Campus Mauriacus ! dans tes bois, dans tes plaines,
Dans tes seigles barbus, toison d'or du printemps,
Les sombres visions d'hécatombes humaines
M'apparaissent encore après quinze cents ans.

Les peuples effarés ont redressé la tête
En entendant souffler dans les cornes d'aurochs...
Les Huns ! voici les Huns ! telle accourt la tempête,
Creusant l'onde, brisant la nef contre les rocs.

Sur la trace des Goths, Huns, Gépides, Vandales,
Tous les pillards du nord, au poil roux, au front bas,
Arrivent au galop de leurs maigres cavales,
Avides du butin conquis dans les combats.

Le Nord pousse en hurlant la terrible avalanche
Du pays des Germains croulant au pays franc.
César tremble dans Rome ; et la Gaule se penche.
La Gaule est comme un fleuve où s'écoule du sang.

Mais les peuples sont las des fureurs de l'Asie,
Et le franc Mérovée agitant son drapeau,
Au cœur des rois voisins verse la frénésie
Et crie aux quatre vents : sus au commun fléau !

Alors Aétius voit dans leur infortune
Les peuples divisés, Celtes, Saxons, Germains,
Ennemis ou jaloux oubliant leur rancune,
Associer leur sort à celui des Romains.

Campus Mauriacus ! l'aigle avide de proie
Plane d'un air vainqueur par dessus tes halliers ;
Et son bec en claquant exprime aux cieux sa joie,
Jamais il n'a tant vu s'assembler de guerriers.

Vingt peuples réunis s'attendent ; nul ne bouge,
L'homme qui vient mourir s'en rapporte aux hasards.
On n'a pas élevé la cotte d'armes rouge,
Le signal du combat dans le camp des Césars.

Féroces, comme sont dans les forêts les fauves
Nombreux, comme en été, les moucherons dans l'air,
Les Huns poussant des cris comme les vautours chauves,
Soudain ont attaqué la légion de fer...

Ces Huns remplis d'espoir dans leurs dieux invincibles,
Lancent des javelots armés d'un os pointu,
Ils ont choisi les yeux des ennemis pour cibles
Forts par leur cruauté plus que par leur vertu.

Les Gépides, venus comme archers mercenaires
Obscurcissent le ciel des roseaux du Tyra
Ainsi le vent du sud, dans ses jeux ordinaires,
Transporte à l'horizon ton sable, ô Sahara !

Dépassant tous ses pairs de ses larges épaules,
Sur un char teint de sang, traîné par trois taureaux
Mérovée apparaît comme le dieu des Gaules !
Le dieu Mars pourrait seul provoquer ce héros.

Sans les deux tresses d'or tombant sur sa poitrine
Et donnant à sa lèvre un profil inhumain
Avec l'immense orgueil qui gonfle sa narine
Ce Sicambre aurait l'air d'un empereur romain.

Terrible est sa framée au sein de la bataille!
Elle partage en deux les corps qu'elle a tranchés
Et le sang qui jaillit de cette horrible entaille
Éclabousse les yeux des guerriers rapprochés.

La fureur du combat croît avec les ténèbres
Et la nuit ne voit pas la mort se reposer.
Le jour retrouve encor ces travailleurs funèbres
Sans les lasser, le soir vient sur eux se poser.

Courage ! Aétius, Sangiban, Mérovée !
Pour la troisième fois se couche le soleil
Et l'on combat toujours... mais la Gaule est sauvée
Grâce à Théodoric qui perd un sang vermeil.

O roi Théodoric, tu meurs couvert de gloire;
Et Thorismon ton fils entraîné sur tes pas,
Au sein de la mêlée, enchaînant la victoire,
A sauvé la patrie en vengeant ton trépas.

A la face des cieux qui nous versent la vie,
Sur un sol entr'ouvert à la fécondité,
Jamais la haine au cœur ne fut mieux assouvie
Dans l'ardeur du combat et la férocité.

Campi Mauriaci ! sur vos champs de batailles,
On dit qu'on vit planer l'ange exterminateur,
Relevant les blessés qu'empiégeaient leurs entrailles,
Ramenant les fuyards sous le fer du vainqueur.

Et l'on dit que des morts les âmes échappées,
Empruntant les clairons et les ailes des vents,
Pour un nouveau combat ramassaient les épées
Et reprenaient la lutte à côté des vivants !

Sublime vision de l'antique courage !
On dit qu'on vît les Huns ne fuir qu'à reculons,
Comme s'ils ne pouvaient s'arracher au carnage,
Ni quitter sans mourir leurs glaives en tronçons.

Campus Mauriacus ! c'est dans ta plaine immense
Que ces morts ont pourri sous tes sillons crayeux ;
Mais quand le laboureur y jette la semence
Il ne se souvient pas des robustes aïeux.

## II

### ATTILA

Le crépuscule obscur le couvrant de son ombre,
Le rusé roi des Huns pour tromper les vainqueurs,
Ordonne d'allumer des feux dans la nuit sombre,
Simule une victoire et fait chanter des chœurs.

Malgré son désespoir, il parle avec jactance
Et son rire brutal dans le camp retentit;
Mais qu'importe ces soins d'inutile arrogance
Devant la destinée un homme est si petit!

O roi, viens demander à la nuit qui les couvre,
Le nombre de tes morts : seul, compte-les et vois,
Parmi les corps sanglants dont la poitrine s'ouvre,
Combien doivent demain se lever à ta voix!

Toi qui ne connaissais que de nom la déroute,
Et faisais de la guerre un sinistre loisir,
Et brûlais les cités pour éclairer ta route,
Et brûlais dans les champs les moissons par plaisir;

Toi qui faisais trembler comme un berceau de feuilles,
Les remparts et les tours qui menacent les cieux,
Ce soir, seul sous ta tente, ô roi, tu te recueilles,
Et vois ce que tu vaux, délaissé par tes dieux.

Quand la mer s'est brisée aux rochers qu'elle entaille,
Elle s'entend crier : ne vas pas au-delà!
— C'en est fait! ton épée est un fétu de paille
Et le fléau de Dieu redevient Attila!

Le barbare est vaincu mais sa haine fermente.
Elle bout comme une onde en son cœur courroucé;
Buvant son propre sang de sa lèvre écumante,
Tel un lion maudit l'homme qui l'a blessé.

Ouverte à sa fureur, notre cité romaine
N'a nul espoir, hélas! d'éviter le danger,
Mais au milieu du peuple, un sage se promène,
Le seul dont la vertu puisse nous protéger.

## III

### SAINT MESMIN

Le jour naissant surprend la bête qui dévore :
Les loups repus fuyant aux clartés du matin;
Les aigles, les corbeaux accourus dès l'aurore,
Sur l'immense charnier commençant leur festin.

Attila consterné contemple ces désastres,
— Lui qui croyait son glaive indispensable aux dieux !
— Lui qui croyait ses pas protégés par les astres !
Oh ! des larmes de sang obscurcissent ses yeux...

Mais sur les prés sanglants rougissant leurs sandales
Et suivant lentement la pente des coteaux,
Douze abbés espérant apaiser ces Vandales
S'avancent revêtus d'habits sacerdotaux.

Or, les cornes d'aurochs et les clameurs barbares
Ont précédé leurs pas dans le camp étonné.
Pâle, les yeux au ciel, entouré de Tartares,
Chacun des messagers semble être un condamné.

Ainsi qu'un aigle fond sur un nid de colombe,
Le roi, pressant les flancs du plus fier des coursiers,
Accourt; mais, oh! malheur! son cheval glisse et tombe.
Son camp le croit trahi par d'infâmes sorciers.

Et pour rompre le charme et pour venger leur maître,
Les clercs sont égorgés par les Huns en fureur,
Ils épargnaient Mesmin, — pour son âge peut-être
Ou pour que son récit répandît la terreur;—

Mais comme ils achevaient leur œuvre sacrilège,
Brisant la croix d'argent arrachée à Mesmin,
Un des soldats se blesse, on crie au sortilège!
Attila, cette fois, met l'épée à la main.

Le Hun voit sans pitié la vieillesse tremblante,
Il a frappé le saint dont le sang coule à flots,
Et la tête et le tronc vont sur l'herbe sanglante
Crier vengeance à Dieu seul maître des fléaux.

4

## IV

Parmi tant de blessés dont la mort est trop lente,
Et de héros obscurs pêle-mêle tombés,
Un ange descendu dans la plaine sanglante,
Du sommeil de la mort réveille un des abbés.

La nuit pour le cacher semble épaissir ses voiles.
Personne ne l'a vu... peut-être est-il sauvé ?
Et dans ce champ maudit, pour sourire aux étoiles,
Sur son coude tremblant, son front s'est soulevé.

Empruntant le manteau de l'ombre décevante,
Il suit de Brolium les rivages obscurs.
Sanglant, défiguré, répandant l'épouvante,
Il atteint Notre-Dame, il entre dans ses murs.

Au milieu des Troyens qui tremblent sous les armes;
Ainsi qu'un suppliant, embrassant les autels,
Il voit saint Loup priant dans le jeûne et les larmes
Et tombe en soupirant dans ses bras paternels.

## V

Le soleil s'est couché sur le champ du carnage
Et le sombre Attila haranguant ses soldats
Cherche à ressusciter leur antique courage,
Promettant des succès dans les prochains combats.

Plus sombre que la nuit, il revient vers sa tente
Déplorant la défaite et craignant l'avenir :
La Gaule l'a vaincu, pourtant elle le tente
Et ses peuples ligués peuvent se désunir...

Mais, tout à coup ! il voit d'un nimbe enveloppées
— Provoquant de ses chiens le craintif hurlement, —
Au-dessus de son camp onze têtes coupées
Qui dans l'obscurité regardent fixement...

Alors fuyant l'éclat de ces rouges prunelles
Dans ses mains le barbare abrite ses yeux ronds.
Et comprend que lui-même il a coupé les ailes
Aux victoires soufflant l'effroi dans leurs clairons.

— Onze têtes ! comment ! il doit en manquer une...?
Le roi se croit suivi du douzième martyr...
Dans le vent qui l'effleure, — ô terreur importune ! —
Il sent sur son épaule un bras s'appesantir...

Sous sa tente de poil, il fuit la nuit funeste ;
Mais il y voit entrer le spectre de Mesmin.
Ce saint décapité le repousse du geste...
— Voudrait-il le forcer à changer de chemin ?

—Mais non ! le roi des Huns ne craint point ce vieux prêtre.
Une ombre ne peut pas renverser ses projets.
Terrible, il partira dès que le jour va naître,
Entraînant sur ses pas ses fidèles sujets.

— N'est-il pas la terreur de cent peuples qu'il brave !
Et les Romains vainqueurs ne le craignent-ils pas ?
— La ville des Troyens, tremblant comme un esclave,
S'offre à lui ; pour la prendre il n'a qu'à faire un pas.

## VI

Tel quand l'ardent midi fatigue leur paupière,
On voit, en rangs pressés, cheminer les troupeaux;
Ils marchent, abaissant leurs naseaux vers la terre,
Et l'oreille insensible aux refrains des pipeaux.

Ils s'en vont confiants dans celui qui les mène
Et ne demandent pas où conduit le chemin.
Leurs yeux à demi-clos, un pasteur les entraîne
Vers la source où l'on boit, sous un abri certain.

Tels les Huns redoutés dont l'aspect est horrible,
Les Huns que l'on disait précédés par la mort,
Défilent sous nos murs, comme un troupeau paisible
Que sur un grand chemin le poids du jour endort.

Entouré de ses clers, saint Loup, comme un prophète
Apparaît revêtu des ornements sacrés :
Une mître d'or fin resplendit sur sa tête,
La majesté commande en ses yeux inspirés.

Et le fléau de Dieu qui fait trembler la terre,
Croit lire son destin dans ce puissant regard.
Son cœur a défailli, troublé par un mystére :
Il reste irrésolu, faible, tremblant, hagard...

Renonçant aux projets de sinistre conquête,
Fasciné par l'éclat de ce prélat romain,
Le farouche Attila soumis, courbant la tête
Suit la route que Loup lui montre de la main.

# LE RENDEZ-VOUS DE VILLERY

## I

Dans le château royal du cruel Gondebaud
Clotilde est prisonnière ainsi qu'en un tombeau ;
Et la pauvre orpheline essuyant sa paupière
Songe au sort malheureux de sa famille entière.
Deux lis qu'elle a cueillis lui semblent sans parfums...
Absorbée elle songe à tous ses chers défunts,
A Chilpéric, son père, expirant sous la hache ;
A sa mère si douce à laquelle on arrache
Les deux yeux et qu'aveugle on jette au fond d'un puits ;
A ses frères enfants, assassinés depuis.
Elle songe à sa sœur, à sa petite Chrône,
Dans un cloître, loin d'elle et surtout loin du trône !

Le soleil mêle en vain ses rayons éclatants
A la gerbe d'or fin de ses cheveux flottants;
Elle est sombre, elle est morne, et pourtant charitable :
Combien ! elle reçoit de pauvres à sa table !
Son unique plaisir est de faire du bien :
Seul, le bonheur d'autrui lui procure le sien.
Mais quel est donc ce pauvre à visage de traître ?
— C'est Aurélianus déguisé par son maître.
Qui, comptant la vertu pour le plus doux trésor,
Est jaloux d'épouser cette femme au cœur d'or.
Il apporte en secret, gage des fiançailles,
L'anneau du roi des Francs, fameux dans les batailles.

Clotilde voudra-t-elle accepter pour époux
Ce prince encor païen ?
— La sainte est à genoux,
Lavant les pieds poudreux du pauvre qui l'abuse
Mais son cœur a compris, et joyeuse et confuse,
En échange du sien, elle accepte l'anneau
Du roi qui doit venger sa famille au tombeau.

## II

Du cœur de la Bourgogne aux confins de Champagne,
Un immense incendie éclaire la campagne,
Et Clotilde sourit à la fureur des feux.
Avant l'aube, elle a fui, sous la garde des cieux,
Son oncle Gondebaud l'assassin de son père.
Et Clotilde sourit à la flamme ; elle espère
Que ce rempart de feu par son ordre allumé
Et dont tout un pays, hélas ! est consumé
Coupera le chemin aux cavaliers burgondes
Lancés à sa poursuite au sein des moissons blondes
Réduites par la flamme en immense brasier.

La reine fugitive excite son coursier,
Elle franchit les bois, les vallons, les collines !
Comme un guerrier bravant le fer des javelines,

Elle affronte les dards des buissons épineux
Et le heurt des rameaux entrelaçant leurs nœuds.
Parfois se retournant, au-dessus de sa tête,
Elle voit le ciel rouge et sa haine l'arrête.
Dans les reflets sanglants de ce vaste miroir
Elle cherche les siens, elle croit les revoir;
Et, des pleurs dans les yeux, elle sourit aux flammes,
Mais au loin, elle a vu flotter des oriflammes,
C'est le camp du roi franc, son maître et son époux
Qui, dans Villiacum, l'attend au rendez-vous.

---

## SAINT-AVENTIN-SOUS-VERRIÈRES

Ayant fui dans les bois, l'orgueil et la luxure,
La lésine et l'envie, au fond d'une masure,
Sur un lit de cailloux, dont l'aspect fait frémir,
Saint Aventin priait, avant de s'endormir.
Or, un jeûne observé, par dévote manie,
Exaltant son cerveau, l'affligeait d'insomnie.
L'ermite priait donc, quand son fragile abri
Soudain fut ébranlé par un terrible cri...
Semblable au hurlement d'une bête féroce,
Se plaignant à la nuit d'une souffrance atroce.
Ainsi que la douleur, la voix s'exaspérait.
— Sans doute, le démon rôdant dans la forêt,
Poussait ces cris semblant monter des fondrières,
Pensant glacer d'effroi cette bouche en prières.

Mais le saint n'était pas un homme à s'émouvoir.
— Et, d'ailleurs, Satanas aurait-il le pouvoir
De tourmenter quelqu'un sans l'ordre de Dieu même,
Qui le charge parfois d'éprouver ceux qu'il aime. —
Satan heurte à la porte et gémit sur le seuil...
Mais l'ermite assoupi n'entr'ouvre pas un œil,
Tant sur le sein de Dieu l'assurance est profonde !
Pourtant, la solitude en erreurs est féconde...

Aux premiers feux du jour, quand le doux Aventin
Ouvrit grande sa porte aux brises du matin,
Que la senteur des prés et des bois accompagne,
Un autre solitaire, un ours de la montagne
Tout debout sur le seuil qu'il avait teint de sang,
Offrit sa patte au saint, d'un air très innocent,
Même par politesse, il inclina l'échine !
Dans sa chair déjà bleue une cruelle épine
S'enfonçait... Aventin secourut l'animal.
— Le lion d'Androclès guérit du même mal.
Et, comme le puissant fauve de Numidie,
Le bon ours s'acquitta des soins de maladie,
— L'homme est souvent ingrat et la bête vaut mieux,
Quand l'ermite mourut l'ours lui ferma les yeux.

## LE VASE DE SOISSONS

Syagrius fuyait à travers la campagne,
Laissant le chef des Francs maître de la Champagne.
Soissons aux fiers vainqueurs abandonnait ses biens,
Comme le cerf forcé, ses entrailles aux chiens.
Assis, l'on partageait le butin de la guerre.
Les dés, en retombant sur la table de pierre,
Désignaient sans réplique au gré du sort fatal,
Les parts.
Un vase d'or sculpté, monumental,
Échoit à certain rustre, ami de la fortune.

— O malheureux ! le roi te gardera rancune
D'un tel profit.
— Clovis, avec sang-froid,

Proclame que le vase est à lui de plein droit,
Ajoutant qu'il convient de le rendre à l'église ;
Que l'évêque s'indigne et qu'il se scandalise
De voir honteusement son culte profané ;
Qu'enfin, lui-même, a peur de ce saint chagriné.

Maîs l'oreille d'un Franc est aux dicours fermée.
Il n'a pour argument que sa bonne framée.
Remi brûle ses dieux, il déteste Remi
Et croit pouvoir traiter son vase en ennemi.
— D'ailleurs, on agit mal quand la fureur conseille. —
De sa hache il pourfend le vase, une merveille !...
— « Le sort va décider quelle sera ta part,
O roi ! tu n'auras rien qu'il ne plaise au hasard ! —
Il dit ; le roi vaincu sembla courber la tête ;
Mais au fond de son cœur sa vengeance était prête.
Oh ! malheur à quiconque ose avertir les rois,
Qu'ils n'ont pas le pouvoir de transgresser les lois.
Jamais l'orgueil des grands n'a supporté le blâme.

Un an, Clovis garda sa haine dans son âme.
Le serpent dort ainsi sur lui-même plié.
Quant au soldat barbare il avait oublié.
Lorsque Clovis, passant son armée en revue,
L'aperçoit. La fureur alors trouble sa vue :

Un nuage de sang, sur ses yeux a passé.
Il revoit les débris du vase fracassé.
L'insolente francisque objet de sa colère.
Il s'en saisit, l'arrache et la lançant à terre,
Suit des yeux le soldat qui pour la ressaisir
S'est courbé. —

Trahison ! le roi sans l'avertir,
Qu'après un an d'attente il lui faut sa vengeance,
Qu'il va punir de mort son ancienne arrogance,
Et sans révéler rien du redoutable arrêt,
Clovis, le roi bourreau, fléchissant le jarret,
Fait jaillir de son cœur la haine qui s'y cache,
Et, soulevant dans l'air sa formidable hache,
L'abat en partageant son homme en deux tronçons.

« Barbare, ainsi fis-tu du vase de Soissons ! »
Tels furent les seuls mots échappés de sa bouche.

Remi que pensa-t-il de cet acte farouche
Où le roi se faisait lui-même le bourreau ?
— L'Eglise en profita pour son culte nouveau.
— Mais au fond de son cœur qu'a dû penser l'armée
De voir ainsi mourir un Franc sous la framée,
Des mains même du chef porté sur le pavois !
La foule n'ose pas blâmer tout haut les rois,

Surtout le lendemain sanglant d'une conquête !...

Lui, le Rémige, ô roi, dut détourner la tête,
Et te voyant frapper ton peuple de ta main,
Se prit à regretter son proconsul romain.

---

## WAIMER

Waimer est las enfin ! de trahir ses deux maîtres,
Léodéger le Bon, Ébroïn le Mauvais,
Il livre saint Léger au maire du palais
Et de duc, il devient prince parmi les prêtres.

La dignité d'évêque et son titre ducal
S'ajoutent à son nom, comme deux tours jumelles,
Rappelant qu'il a fait arracher les prunelles
A saint Léger qu'il tient sous le froc monacal.

Mais Waimer n'est qu'un gueux ! c'est en vain qu'il affuble
De la mître sacrée, un visage en courroux ;
C'est en vain qu'on lui taille en rond ses cheveux roux,
Et, sur son jaque en fer, qu'il porte la chasuble !

Évêque ou duc, Waimer semble un séditieux :
La crosse dans sa main est pire que l'épée...
Cependant saint Léger a la langue coupée,
Et, s'il lève la tête, il ne voit plus les cieux.

Or, le nom du prélat a réveillé les haines
De ceux que dans Autun le duc a combattus ;
Saint Léger est leur père, ils savent ses vertus,
Et maudissent celui qui le charge de chaînes.

Tandis qu'en son palais, on encense Waimer,
Harcelé par ses gens qui l'accablent de pierres,
Saint Léger lève au ciel ses sanglantes paupières...
Mais le peuple indigné clame comme une mer !

Dans le val de la Voire, errant sans yeux, sans bouche,
Marchant comme un martyr, qu'un ange conduirait,
Léger trouve un asile au cœur de la forêt.
Et n'est plus tourmenté, du moins que par la mouche...

Tranquille et sans remords, Waimer le criminel
S'est fait payer la mort de sa sainte victime,
Et Léger qui n'a plus de rival qui l'opprime
Sommeille dans le sein de l'aïeul éternel.

Mais entre les méchants l'accord est-il possible,
Le maître et le valet sont infâmes tous deux :
Or, ayant pris l'évêque en ses plans hasardeux,
Le maire à ses archers donne ce gueux pour cible !

---

## SAVARIC, ÉVÊQUE D'AUXERRE
## (714)

### I

L'évêque Savaric n'a pas l'âme d'un prêtre :
A Rome, il passerait aisément pour un traître,
Jamais il ne revêt l'habit sacerdotal,
Et coiffe au lieu de mître, un lourd casque de guerre.
C'est un rude guerrier que l'évêque d'Auxerre !
Sa cuirasse d'airain cache un cœur de métal.

« Aimez » ! disait son maître ; et lui commande : aux « armes ! »
Au lieu d'être touché des plaintes et des larmes
De son peuple accablé qui demande la paix,
Son troupeau suppliant lui semble être rebelle :
Ce désir de repos, en sa rouge prunelle,
Allume un noir courroux sous ses sourcils épais.

Le dieu de Savaric, c'est le dieu des batailles
Que réjouit le sang des fumantes entrailles.
— C'est un fléau de Dieu que ce prélat romain ! —
Malgré sa longue barbe il n'a pas l'air d'un sage.
Jamais il n'a béni d'enfants sur son passage,
Et farouche, il chevauche une épée à la main.

## II

Qu'importe aux conquérants la pluie ou la tempête...
Cependant, Monseigneur, l'orage est sur ta tête :
Une nuée obscure au flanc cuivré te suit.
O prêtre destructeur, c'est en vain que tu broies
Sous ta crosse de fer, Nevers, Orléans, Troyes,
Voici que Dieu nous venge et que sa foudre luit !

Le feu du ciel remonte... et la voix du tonnerre
Disperse les soldats du prélat sanguinaire.
Or, le soir, des bergers qui traversaient le val
Pour voir le guerrier mort ont levé sa visière ;
Mais son corps aussitôt s'est réduit en poussière,
La même cendre unit l'évêque et son cheval.

---

## LES SARRASINS EN CHAMPAGNE

Peuples envahisseurs, vos flots intarissables
Sont donc comme les flots que rapporte la mer :
Précurseurs des Normands, nés dans ce gouffre amer,
Voici les fils de Seth échappés de leurs sables.

Dans ce pays magique où fleurit l'oliban,
Sous le ciel enchanteur de l'Arabie heureuse,
Comment a pu surgir l'idée aventureuse
Changeant d'humbles pasteurs en un peuple forban ?

L'Égypte redoutant une nouvelle plaie,
S'enfuit-elle à travers le monde épouvanté ;
Ou, le vieil Ismaël s'est-il donc entêté
A croire à des trésors cachés dans notre craie ?

Mais non ! ces tourbillons de cavaliers poudreux,
Ces Africains maudits portant des fronts d'esclaves
Sont des soldats perdus qui brûlent nos emblaves,
Sans honneur pour l'islam et sans profit pour eux.

Ils sont à tout jamais prisonniers dans les Gaules
Et cherchent une issue impossible à trouver.
Leur prophète, chez nous, ne pourra les sauver
Du couteau des *vilains* aux robustes épaules.

Ils se dressent en vain sur leurs longs étriers
Pour regarder au loin... leur retraite est fermée :
Le roi Charles Martel a broyé leur armée
Sous son marteau de fer aux plaines de Poitiers.

Pas un ne franchira le mur des Pyrénées.
Troyens, consolez-vous et creusez leurs tombeaux :
Leurs prunelles seront le régal des corbeaux
Qui dévorent déjà leurs maigres haquenées.

---

## ARÉMARE

Salut, moine Arémare, ô défricheur de plaines,
Ta hache à la forêt vient demander du pain:
Pour semer les épis, tu fauches les grands chênes
Qui brisent sous leur poids l'autel gallo-romain.

Tu laisses aux buissons ta chair et ta défroque,
Pénible est le travail de ce défrichement!
Mais douce est ta prière, et tendre le colloque
Avec ton Dieu caché sous le bleu firmament.

Mon frère, quel bonheur; en abattant des branches
De voir le soleil luire au fond du bois sacré;
De dévoiler l'aurore aux regards des pervenches;
D'ouvrir une éclaircie au nuage nacré!

Charlemagne t'a dit, dans ses capitulaires,
D'essarter la forêt, et d'être sans pitié
Pour le temple où les dieux abritaient leurs mystères.
— Ton œuvre impie, hélas ! semble faite à moitié !

O vous nymphes des bois, ô vous nymphes des sources,
Et vous tous dieux sylvains auxquels j'aime à rêver,
Faunes dont je suivais les amoureuses courses,
Vous êtes tous bannis !... Où donc vous retrouver ?...

Si ce n'était l'espoir de voir la moisson blonde,
Si ce n'était l'amour du soleil radieux,
— Qui n'eut jamais brillé dans la forêt profonde, —
Moine, je t'en voudrais d'avoir chassé les dieux !

Lutte avec la forêt, géante dédaigneuse,
Allons ! fais ta trouée ! amène la clarté
Jusqu'au lit où la Barse entraîne une eau bourbeuse
Qui répandra la vie et la fécondité.

Mais l'épaisseur du Der te cache un monticule
Qui ne se doute pas qu'il est des cieux d'azur.
De tous temps, il y règne un sombre crépuscule ;
N'amène pas le jour, dans ce repaire obscur.

Savants à consulter les entrailles vivantes,
Dans ces lieux pleins d'horreur, respectés des Romains,
Après qu'ils avaient dit leurs prières ferventes,
Les druides pensifs ouvraient des corps humains.

Et, recueillant le sang dans leurs coupes de hêtre,
Ils arrosaient les troncs des arbres ténébreux,
Et le bocage épais n'avait d'accès qu'au prêtre
Par des sentiers sanglants, muets et tortueux.

Moine, qui viens chez nous fonder l'absolutisme,
Si tu n'es pas jaloux de ce temple mouvant :
Pour donner à nos fils l'horreur du fanatisme,
Conserve à la forêt son sépulcre vivant.

---

## CHARLES LE CHAUVE A TROYES
## (841)

### I

Dans nos champs envahis, que de rois ! que de maux !
— Trois rois dans un pays, n'est-ce pas trois fléaux ?—

Nos sillons ravagés sont hérissés de piques :
Lothaire, l'empereur aux manœuvres obliques
Pour accaparer tout, demande à partager
Avec ses deux cadets qu'il espère égorger.
Sous son jaque de fer, cachant un froc de moine,
Il croit mettre la main sur tout le patrimoine
Qu'ont déjà divisé les fils du grand aïeul ;
Ainsi que Charlemagne il rêve pour lui seul

L'empire !...
Or, c'est pourquoi l'ambitieux Lothaire
En assemblant les rois fait frissonner la terre ;
C'est pourquoi nous voyons s'asseoir à nos foyers,
Tant de princes suivis de tant de guerroyers ;
Et Charles, secourant son frère de Bavière,
Réunir ses soldats sous la même bannière.

## II

Le roi Charles le Chauve est debout dans son bain.
Son costume n'est pas d'un prince très urbain :
Nu, comme un chef barbare, il roule un œil farouche
Et d'horribles jurons s'échappent de sa bouche ;
— N'est-il pas las enfin ! d'attendre vainement
Pour sortir de ce bain, son premier vêtement ! —
Depuis un mois, suivant l'ennemi qu'il harcèle,
Sans y songer, il use à l'endroit de la selle
Son haut-de-chausse en cuir dont le jour indiscret
Montre la chair royale avec peu de respect.
Or, ceux qui sont adroits à conduire une alène,
Depuis le point du jour n'ont pas repris haleine,
Réparant de leur mieux l'indispensable peau,
Avec la même ardeur qu'on recout son drapeau !

Mais le roi, grelottant dans sa baignoire froide,
Caresse avec humeur sa barbe inculte et roide
Encadrant d'un buisson son visage en courroux.
Il songe en rapprochant l'arc de ses sourcils roux,
Qu'on célèbre demain le très saint jour de Pâques,
Et qu'hier, à la nuit, par la porte Saint-Jacques,
Il est entré chez nous sans autre vêtement
Que celui qu'à la guerre il porte constamment.
Pour désigner aux yeux sa royale personne,
Il n'a rien, ni manteau, ni sceptre, ni couronne...
Pourra-t-il bien paraître au milieu d'un clergé
Tout resplendissant d'or, dans un tel négligé !
La noblesse rira de lui sous son armure...
Il lui semble déjà que la foule murmure,
Et que l'apercevant sous l'habit d'un varlet,
Le peuple s'ébaudie en criant : qu'il est laid !
Le frisson du dépit parcourt sa longue échine
Et son anxiété refrogne encor sa mine.
Les rois ont tous le cœur gonflé de vanité.
Sombres comédiens, devant l'humanité,
Ils n'ont que le souci de bien remplir leur rôle ;
Mais ils ne doivent pas affranchir leur épaule
De la pourpre, manteau dont les reflets sanglants
Fascine les regards de leurs peuples tremblants !

## III

Dans l'église parée et vide de prières,
La chappe d'or sourit aux lances meurtrières.
Au milieu d'un concours de nobles et de gueux
Où se heurtent des clercs à des héros fougueux,
Adalbert pontifie avec magnificence;
Mais ce n'est point son Dieu, c'est le roi qu'il encense;
Car les dieux de la terre effacent ceux du ciel.

Le roi Charles le Chauve est là, devant l'autel,
Dans la pompe royale, entouré de ses pages.
Il a la majesté que l'on prête aux rois mages,
Drapé dans son manteau de modèle romain,
Son diadème au front, son sceptre d'or en main.

La fortune le suit et le sert à merveille!
Le sauvant de l'affront qu'il redoutait la veille,

Ses ornements royaux sont arrivés à point.
— Comment sont-ils venus, Charles ne le sait point :
Lui qui sous le harnais tremblait d'être un scandale,
Il se sent revêtu de la pourpre royale !
Son peuple, qui le voit et l'admire, comprend
Que c'est bien lui le maître, aux honneurs qu'on lui rend.
Mais, hélas ! le suivant où son orgueil l'entraîne,
Demain, à Fontenoy, dans la sanglante arène,
Sans nul profit pour eux du sol à partager,
Tous ces bons Champenois se feront égorger.

---

# MONTIER-LA-CELLE

Ces lieux semblaient maudits : au fond de leurs ténèbres,
Sous des antres étroits qui pliaient leurs vertèbres
Et remplissaient de nuit leurs yeux,
Des sorciers malfaisants pratiquaient la magie.
Là, les eaux et les bois dormaient en léthargie.
Là, s'abritaient d'infâmes dieux.

Aucun serf affamé, pour acquérir la terre
Qui l'eut pourvu d'un coin où creuser son repaire
Et vivre en toute liberté ;
Aucun serf n'eut voulu s'écorcher à tes ronces
Ni seulement sonder la vase où tu t'enfonces
Pagus malsain et redouté !

Il n'aurait pas voulu s'exposer à la fièvre
Qui gonfle l'hypocondre et fait trembler la lèvre
Et fait mourir dans la stupeur.
— Pourtant, noble et manant, au pays franc, sont braves.
Jamais chez nous, les serfs n'ont eu des cœurs d'esclaves :
Tous sont sans reproche et sans peur !

Mais, pour s'aventurer dans la forêt profonde,
Et bêcher sans espoir une terre inféconde,
Qu'eût fait un peuple de soldats ?
— Ç'eut été peu de vous, cœurs avides de gloire,
Qui, méprisant la mort, poursuiviez la victoire,
Rougis par le sang des combats.

Moines, il a fallu votre persévérance,
Votre constant effort de travail en silence,
Pour rendre féconds ces marais.
Il a fallu vos bras, pour la lutte héroïque
D'une époque barbare avec le sol antique
Tout hérissé de ses forêts.

O moines, grâce à vous, travaillant sans salaire,
Satisfaits de pouvoir fertiliser la terre,
D'aller : « *Mittentes semina* »,

Grâce à vous, bûcherons vêtus du froc de laine,
Ce bois humide, obscur, un jour devenu plaine,
Au grand soleil s'illumina.

L'astre blond y versa sa lumière féconde,
Bientôt, régénéré, ce petit coin du monde,
Refuge de devins pervers,
Foyer de mauvais sort et de fièvres palustres
Fut le berceau fameux de maints savants illustres
Nés pour éclairer l'univers.

Les rois de Burgondie,— et pour sauver leur âme,
Et pour diminuer l'inévitable blâme,
Rouille attachée au nom des grands, —
Avaient cédé la terre à la Celle naissante,
Qui plus tard, abbaye accrue et florissante
Eut leurs cadets pour révérends.

Chelembert au couvent donnait ses seigneuries,
Et les grands revenus de ses vastes prairies,
Pour prix de ses iniquités.
Et la faveur des rois et les chartes royales
Lui confirmaient ainsi que les bulles papales
Ses titres de propriétés.

Et la communauté des tribus monastiques,
— Modèle que l'histoire offre à nos républiques
Dont les lois sont sur le chantier, —
Unissait d'amitié sincère et fraternelle
D'illustres prieurés avec Montier-la-Celle,
Comme Corbie et Marmoutier.

---

# LES MOINES ARCHITECTES

Le moine et le barbare ont brisé les chefs-d'œuvre
Qui pouvaient rendre cher le souvenir des dieux;
Mais, quand il a détruit, le moine est un manœuvre
Qui s'emploie à fonder ce qui lui semble mieux.

Les Carlovingiens dont l'empire est immense
Eprouvent le besoin de devenir géants :
La force les séduit bien mieux que l'élégance
Et les piliers trapus leur semblent mieux séants.

C'est pourquoi l'abbaye ou l'église naissante,
Sur ses pieds de granit pèse si lourdement;
Et mélangeant au grès sa brique éblouissante
N'a que d'humbles motifs coulés dans du ciment.

Voyez-les ! ces tribus d'esclaves volontaires,
Ces moines constructeurs, la truelle à la main,
Sous les yeux des abbés, bâtir les monastères
Où leur pioche a détruit l'autel gallo-romain.

Ils n'ont point décoré la frise et l'architrave
Pour mieux consolider les lourds entablements,
L'œuvre architecturale est colossale et grave
Lorsque moines et rois posent des fondements.

---

## LES NORTHMANS

Troyens, ne tremblez pas au son du cor d'ivoire
Comme ces riverains du Cher et de la Loire,
Terrorisés par les Northmans.
Si l'air est ébranlé par le *cor aux tonnerres,*
C'est Hastings qui revient au pays de ses pères,
Et renonce aux flots écumants.

Ce cor retentissant de colline en colline,
C'est Hastings évoquant dans sa trompe marine
Les âmes de ses parents morts !
Celui qui fut l'effroi des plus riches royaumes
S'en revient à *Trancault*, chercher parmi les chaumes
Un asile aux cruels remords.

Hastings est bien coupable : il est traître et rebelle.
Il a quitté jadis la maison paternelle
 Par mépris pour sa pauvreté.
Trouvant notre Champagne aride et monotone,
Il s'est aventuré sur la mer, qui s'étonne,
 Chaque jour, de sa cruauté.

Il a fait tant de mal à la mère patrie,
Ce farouche éclaireur de la piraterie
 Plus perfide que Ganélon,
Que sans doute honteux de sa vie exécrable,
Il vient chez les aïeux faire amende honorable
 Et solliciter son pardon.

Mais non !... depuis vingt ans, Hastings dort dans la tomb
Et ne se doute point que chez nous fond la trombe
 Qu'il a conduite si souvent.
Entendez donc, plus près, sonner le cor d'ivoire !
Ah ! voici l'incendie à travers la nuit noire,
 Qu'excite encor l'aile du vent !...

La trompe des Northmans ! c'est votre glas qui sonne.
Fuyez ! Espérez-vous, quand la terre frissonne,
 L'ouvrir pour y cacher votre or.

Fuyez plutôt ! fuyez un pénible esclavage,
Entraînés loin d'ici vers un lointain rivage :
La mort est moins cruelle encor !

Quittez votre cité, comme un vaisseau qui sombre,
Fuyez au bois voisin que remplit la nuit sombre,
Le bois vous offre un abri sûr.
Mêlez-vous aux troupeaux errants, libres, sans chaînes,
Broutant la verte mousse autour du tronc des chênes,
Piliers de cet asile obscur.

Moines, riches abbés, emportez les reliques
Et les vases sacrés, trésors des basiliques
Que profaneraient ces bandits.
N'espérez point toucher leur cœur par la prière,
Ni trouver un abri sous vos autels de pierre
Dont les abords sont interdits.

L'or est l'unique Dieu de ces hordes barbares,
Et nul saint n'obtient grâce entre les mains avares
Des impitoyables Northmans,
Et l'on a même vu, dit-on, ces misérables,
Après avoir volé les châsses vénérables,
Jeter au vent leurs ossements...

Oh ! mon Dieu, quel aspect présentent ces campagnes,
Descendant aux ravins, gravissant les montagnes
Tout le peuple s'enfuit hagard !
A travers les moissons que tout vil troupeau broute,
Les fuyards affolés se sont fait une route
Sans but, devant eux, au hasard.

Oh ! comme en s'éloignant, la foule consternée
Pense à la pauvre ville où naguère elle est née !
Que chacun songe à sa maison !
Et puis ce sont les vieux qui ne peuvent plus suivre;
D'autres, tout en marchant, qui se plaignent de vivre
Et qui semblent avoir raison.

Emportant vos trésors, l'invasion recule :
Oh ! ne regardez pas la plaine rouge où brûle
La ville aux toits anéantis.
L'infirme abandonné s'y plaint sous les décombres :
Des Northmans attardés il invoque les ombres
Maudissant ceux qui sont partis.

Le feu, comme un serpent, monte fauve spirale,
Dévore les piliers de votre cathédrale
Et les fait crouler tour à tour.

Effroyable fracas des poutres, des murailles !
Sur ce monstre éventré laissant voir ses entrailles,
Se renverse une énorme tour.

Un rouge brouillard luit ainsi qu'un météore,
Sur les derniers débris que la flamme dévore,
La cendre tourbillonne au vent.
Un silence de mort s'abat sur ces désastres,
Et, des hauteurs du ciel, les yeux jaunes des astres,
N'y découvrent rien de vivant.

Mais des antres secrets où le peuple s'abrite,
Montent les hurlements de l'onde qui s'irrite...
Ah ! cessez d'inutiles pleurs,
Troyens, rebâtissez : tel est le cours des choses !
Quand l'orage du soir a défleuri les roses,
L'aurore entr'ouvre d'autres fleurs.

---

## ANECDOTE DU X$^{e}$ SIÈCLE

Sous le comte Héribert, il courait en Champagne
Une bande de gueux ravageant la campagne.
Un jour, qu'ils avaient pris aux paysans des bœufs,
Les poussant au grand trot, par des chemins bourbeux,
Par des prés inondés où l'arbre seul indique
La route; tout à coup voilà que la panique
A soufflé la terreur dans leurs esprits troublés :
Tels on voit les moineaux qui dévoraient les blés
S'enfuyant effarés devant les moissonneuses
Dont les chants alternés répondent aux glaneuses,
Partir sans emporter les restes du festin,

Tels, nos voleurs s'en vont laissant là leur butin,

Les bœufs au lourd fanon et les génisses blanches,
Sous la garde d'un vieux qui ramassait des branches,
Et qui s'offrit à eux, quand fuyant, aux abois,
Pour échapper aux yeux, ils entraient dans les bois.

Mais, le vieillard, à peine, a compté les génisses
Qu'il est pris, garrotté, comme l'un des complices,
Et battu, le pauvre homme ! ainsi qu'un criminel.

« Qu'on le pende haut et court ! » dit le comte cruel
Que l'innocent vieillard avait pris pour arbitre.

Sitôt, l'on s'empressa de pendre ce bélître :
Mais, ses bourreaux partis, aussitôt accourut
Un veau qui se grandit et qui le secourut.
Trois jours encore après, on voyait, comme un marbre,
Le taureau tout debout, appuyé contre l'arbre.

Ses cornes soutenaient les deux pieds du pendu.
Bien digne d'intérêt, grâcié, dépendu,
L'homme alors raconta que d'après un usage
Ayant été jadis parrain daus un village,
Il avait à l'enfant offert un jeune veau,
Et que Dieu lui rendait pour prix de son cadeau,

La vie.
On tint, dès lors, comme faveur extrême
De porter un enfant sur les fonts du baptême.
Et les parrains depuis, chrétiens bien avisés,
N'offraient plus que des veaux aux jeunes baptisés.

---

## LA REINE OGINE

Charles le Simple est mort, prisonnier dans Péronne;
Et la nuit, tout autant que l'oubli, l'environne.

Sa veuve ne vient pas pleurer sur son tombeau.

La reine Ogine sait combien encore est beau
Son teint, qui cinquante ans sut s'employer à plaire;
Et, quand elle pourrait par l'âge être sa mère,
Sur son cœur, où l'amour n'est pas encore tari,
Tendrement elle presse un tout jeune mari.
Prodigue de baisers et de douces caresses
Il murmure en mordant l'or fauve de ses tresses,
Les protestations et tous les vains serments
Que font, de bonne foi, tous les jeunes amants.

Or, ce beau jouvenceau qui se pâme près d'elle,
— Et qui semble un poussin sous l'aile maternelle,
Quand à ses pieds assis, le front sur les genoux,
Lassé du jeu d'amour, elle endort son époux, —
C'est le comte Herbert Deux, fier d'avoir pour compagne
La veuve d'un des rois issus de Charlemagne.

Fils, tu te souviens mal de la haine d'Herbert !

Oh ! la tête est si folle et le cœur est si vert
A vingt ans ! qu'on comprend que le jeune homme oublie
Que Bernard son aïeul expulsé d'Italie
Fut vengé par son père Herbert premier du nom,
Prudent homme de guerre et rude compagnon
Qui, fort longtemps, retint sous de hautes murailles,
Charles qu'il avait fait captif, par représailles.
— Volontiers, on pardonne au jeune homme amoureux ;
Même on rit de le voir lié par de tels nœuds :
Car, sans la volupté de son étreinte ardente
On dirait, c'est sa mère et non pas son amante !

Mais elle ! à cinquante ans ! veuve de Charles Trois,
S'amouracher d'un fils d'Herbert de Vermandois !
De ce comte rusé, dont l'implacable haine,
Trompant la bonne foi du vaillant capitaine,

Valut le nom de simple à ce roi trop loyal.
Quoi donc ! après trente ans passés au lit royal,
Quand le roi, pour mourir, a fermé sa paupière,
Sa veuve, ayant laissé sur sa tombe de pierre
Et son deuil apparent et ses larmes d'emprunt,
Accourt chez le geôlier de cet époux défunt,
Lui livrer sans retard, sa chair voluptueuse !

Admirable Giselle, épouse vertueuse
Du farouche Roland, qu'en a pensé ton cœur ?
— Giselle a pour Herbert un sourire moqueur ;
Car, en fille bien née, elle honore sa mère
Mais elle a bien le droit de railler son beau-père.

---

# HENRI LE LIBÉRAL

## I

Prodigue pour son Dieu, prodigue pour les hommes,
Le *large* comte Henri fait le bien sans effort,
Et, quoique féodal, il admet que nous sommes
Tous égaux devant Dieu, comme devant la mort.

Et dans son paradis, pour qu'un jour Dieu lui rende
Ce qu'en son propre nom il baille à son prochain,
Le comte libéral donne à qui lui demande.
Or, c'est ce qui déplaît au bourgeois inhumain.

Tandis que saintement Henri se dépossède,
Maître Arthaut s'enrichit. Le seigneur de Nogent
S'efforce d'augmenter le trésor qu'il possède :
Au nimbe des élus, il préfère l'argent.

Tous ces immenses dons qu'il voit faire aux églises,
Et ces fondations qu'il ne peut empêcher,
Allument chez Arthaut le feu des convoitises :
« *Auri sacra fames* », ce mal le fait sécher.

## II

Comme l'excellent comte entrait à Saint-Étienne,
Un jour de Pentecôte, il vit sur les degrés,
Parmi les mendiants attendant quelque aubaine,
Un chevalier très pauvre aux regards éplorés.

Le prince s'apprêtait à plaindre la misère,
De ce solliciteur qui, baisant ses genoux,
Soupirait : « Sire comte, ayez pitié d'un père
Dont les filles sans dot n'ont pas trouvé d'époux ! »

Quand Arthaut, qui suivait, dit de sa voix pédante :
« Depuis longtemps le comte a dissipé son bien
Pour fournir aux besoins de la race impudente
De tous vos quémandeurs ! — Le comte n'a plus rien ! »

« Je te possède encor, Villain, et je te donne ! »
Reprit le Libéral, plein d'indignation.
— Sitôt, le chevalier, dont l'oreille était bonne,
Saisit le gros bourgeois qu'il tînt pour caution.

Ainsi le comte Henri punit Arthaut l'avare
Qui dut pour sa rançon, verser maints écus d'or.
Mais hélas ! chez les grands, cet exemple est si rare,
Que sept siècles après, on s'en étonne encor.

---

## L'AUTODAFÉ

### I

A travers l'étendue obscure et solitaire,
Montaimé, Montaigu, du haut de leurs créneaux,
En agitant des feux parlent avec mystère,
Et chaque nuit les voit échanger des signaux.

Mais le grand soleil luit et Montaigu s'étonne
De voir sur son rival briller les feux du soir :
Sous le brûlant midi, la flamme le couronne
Et le ciel en rougit le fond de son miroir.

Lui, Montaigu, témoin du culte des Druides,
A vu toute l'horreur du fanatisme humain.
Son château-fort, dressé sur des crêtes arides,
A plus de sang Gaulois que de ciment romain.

Que de fois, il a vu sous la feuille de chêne,
— Agité de frissons, comme le Golgotha, —
Dans l'idole d'osier rougir la braise humaine,
Cruelle offrande au dieu de la forêt d'Otta !

Que de fois, il a vu la veille des batailles
Le sang pur d'une vierge arroser le menhir...
Les prêtres sans pitié consultant les entrailles,
Suivre d'un œil pensif la mort lente à venir !

Mais malgré ce qu'il sait de fureur et d'orgie
Et comment les seigneurs traitent les villageois,
Ce mont ne peut penser que la nue est rougie
Par l'immense bûcher de trois cents Albigeois.

Du jour où dans la Gaule on prêcha l'Evangile,
Montaigu s'est pensé qu'on n'immolerait plus...
Jamais il n'eut songé que la haine subtile
Conseillât de brûler au nom du doux Jésus !

## II

Cependant Montaimé dont s'allume le faîte,
Reçoit dans son brasier l'homme pour aliment.
— Lorsqu'à ses débauchés Rome offrait une fête
Ainsi l'éclairait-elle épouvantablement !

— Mais quoi donc ! la forêt aura donné ses branches,
Les mélèzes, les pins, leur résine et leur poix
Pour brûler tout vivants ces vieux à têtes blanches,
Ces époux, ces enfants qui hurlent à la fois.

Eh bien ! gaudissez-vous ! jouissez fanatiques !
Savourez bien les cris qui s'élèvent encor,
Et que ne couvre point le chant de vos cantiques !
Chantez, ô tourmenteurs, le *Veni Creator* !

Eh quoi ! n'êtes-vous pas vous-mêmes des infâmes !
Vous qui faites l'affront à la divinité
De soumettre en son nom et d'asservir les âmes
Sous le joug monstrueux de votre vanité !

Mais tandis que la chair se tord et se décolle ;
Que le feu racornit les muscles en lambeaux,
Dieu, prenant dans ses bras chaque âme qui s'envole,
L'abrite dans son cœur et maudit les bourreaux.

## III

Maintenant, Montaigu qui perçoit la fumée,
Darde sur Montaimé son regard incertain...
Il pense qu'en volcan sa cime est consumée;
Mais il ne veut pas croire au sacrifice humain.

---

# L'ÉVÊQUE GUICHARD

## I

« Guichard ce fils d'Agnès n'eut point Guichard pour père.
« Ne le nommait-on pas *Filius incubi* ?
« — Un incube, en effet, fut l'amant de sa mère :
« *Petun* rit de l'affront que l'Eglise a subi.

« Cet évêque étant né du commerce du diable,
« Satan vient sur son ordre ; et fort de ce concours,
« Guichard fait à son gré, toute œuvre abominable ;
« *Petun* au moindre appel arrive à son secours.

« Débauché sans réserve, il commet l'adultère ;
« Et sa dague, s'il faut a raison d'un jaloux.
« — Voleur, il a pillé lui-même un presbytère
« Et tenu le curé volé sous les verroux !

« Dans les vases sacrés, calice ou saint-ciboire,
« Guichard, prêtre sans foi, distille les venins.
« Pendant les nuits, il sort, marmottant le grimoire,
« Pour danser au sabat la ronde avec les nains.

« J'affirme devant Dieu qu'il est démoniaque,
« Qu'il adorait l'idole avec les templiers,
« Qu'il est faux-monnayeur, qu'il est simoniaque
« Et qu'il vendrait encor Jésus trente deniers. »

Ainsi Naffo-Dei, l'homme le plus infâme
Qui put mentir assez pour perdre un innocent
Et servir dignement une haine de femme,
Jura qu'il disait vrai, devant le Dieu puissant.

— O reine, vous déjà dans la tombe endormie,
Vous dûtes pardonner au prêtre séducteur
Et trop tard regretter dans votre âme ennemie,
D'avoir pour vous venger un tel accusateur ! —

Un autre vint et dit : « L'évêque est un faussaire.
« Il possède un trésor de fort mauvais aloi :
« L'or chez lui n'est pas rare, il le fait et l'enserre ;
« Il serait, s'il voulait, plus riche que le roi ! »

Comme pour lapider un malfaiteur vulgaire,
Jadis la foule infâme apportait son pavé,
Ainsi contre Guichard la fureur populaire
Dépose avec serment tout ce qu'elle a rêvé.

Vérité, sous ton masque habilement vêtue
Comme la calomnie affirme et se souvient!
Pour cracher sans remords un mensonge qui tue,
Voyez comme la haine effrontément survient.

Un frisson prolongé courut par la grand'salle,
Avec un bruit de voix qu'un silence suivit,
Un centenaire entrait en traînant la sandale,
Job, le jeteur de sorts des bois de Saint-Flavit,

Sa barbe blanche ainsi qu'un buisson d'aubépine,
Descendant jusqu'à terre, en encadrant ses flancs,
Empêchait ses genoux de percer sa poitrine
Et protégeait les heurts de ses coudes tremblants.

« C'était, — dit le sorcier, — pendant les nuits sans lune
« Que le prélat suivi d'un sinistre frocart,
« Jean de Fayac, rendait sa visite importune.
« Ils pratiquaient tous deux la magie avec art,

« Dans l'âtre ils disposaient la cendre avec mystère,
« Marmottaient le grimoire et le diable arrivait.
« L'évêque alors parlait de sa flamme adultère
« Et du royal amour dont son fol cœur rêvait.

« Que pouvaient les démons sur notre aimable reine,
« A peine s'ils avaient pouvoir de la tenter !...
« Guichard et Satanas perdant tous deux leur peine,
« Le moine sacripant dit : « il faut l'envoûter ! »

« Et la cire en leurs mains prenant la forme humaine,
« Pour cette œuvre d'enfer qu'on nomme envoûtement,
« Un soir, j'eus sous les yeux le beau corps de la reine,
« Et Guichard lui donna le premier sacrement.

« L'évêque en versant l'eau lui dit : Jeanne de France,
« Je te baptise au nom du père et de son Fils,
« Au nom de leur esprit. — D'un ton plein d'arrogance,
« *Amen* ! reprit le moine à Satanas soumis

« Et régicide encor, après ce sacrilége,
« Guichard, armé d'un fer, frappa la reine au cœur.
« Mais un point oublié, rompit le sortilége
« Et le bois retentit d'un grand rire moqueur.

« L'évêque, un peu plus tard, vint frapper à ma porte,
« Ainsi qu'un templier, sacrant, blasphémant Dieu.
« Juges, l'on sait le soir que notre reine est morte,
« Or, Guichard, ce soir là, jeta la cire au feu ! »

## II

Treize cent treize !—On garde encor Guichard au Louvre
Et Philippe le Bel est toujours abusé.
— Il faut tant supplier pour qu'un cachot se rouvre
Et chez les rois le cœur est un organe usé !

## III

Enfin ! Naffo-Dei qu'on attache à la roue
Sentant le repentir descendre dans son cœur,
Se confesse à la foule et hautement avoue
Qu'il est plus qu'un bandit, qu'il est un imposteur.

Et le nom de Guichard, dans sa voix faiblissante,
Se mêle au repentir d'un trop tardif aveu.
Il voudrait délivrer sa victime innocente
Dans un soupir suprême il le demande à Dieu.

## HENRI DE POITIERS L'ÉVÊQUE CAPITAINE

Être un prêtre et tenir les hommes en lisière
— En vertu d'un pouvoir que Dieu même accorda —
Leur dire aux jours heureux : « Je porte la lumière ! »
Et, dans l'adversité : « Frères, *sursum corda !* »

Ou bien être un héros digne des temps d'Homère ;
Porter avec éclat le nom de ses aïeux ;
Protéger de son bras le pays de sa mère
Et voler à la mort sans détourner les yeux.

Être prêtre ou guerrier est sans doute un beau rêve :
Or, toi tu fus les deux, comte Henri de Poitiers :
Évêque l'on te voit pour te servir du glaive
Laisser ta crosse sainte aux mains des séculiers.

Et sans obliger Dieu de sauver tes ouailles,
Loin de te décharger d'un si grave souci,
L'on te vit te plongeant au milieu des batailles
Commencer la besogne en frappant sans merci !

Quand prenant en pitié la bravoure imprudente
De ton peuple luttant sans ordre avec l'Anglais,
Tu vins les commander dans la mêlée ardente
Laissant pour prier Dieu tes clercs en ton palais.

Sans doute, Fenestrange était bon capitaine :
Mais le peuple entend mieux la voix de son pasteur.
Fenestrange, d'ailleurs, accouru de Lorraine
Se battait pour de l'or; toi, pour le point d'honneur.

En sorte que déjà le premier de tes prêtres,
A la guerre, tu fus le premier des soldats :
Brokars ne commandait seulement qu'à des reîtres,
Un peuple enthousiaste accompagnait tes pas.

---

## LE COMTE THIBAULT IV *dit* « AUX CHANSONS »

Je croyais, ô Thibault, la muse plus avare :
Tu nais poète ! et comte ! et neveu de cinq rois !
Puis, — comme si nos ciels te semblaient trop étroits, —
Tu deviens roi toi-même au pays de Navarre !

Mais devant nous, poète allant en éclaireur ;
Mais comte de Champagne ou roi de Pampelune,
Ce que le plus j'envie à ta haute fortune,
C'est le royal amour qui consumait ton cœur.

Ce sont tes yeux levés sur cette douce étoile,
Inspirant à ton luth ses sons les plus touchants ;
C'est l'idole angélique à qui tu dois tes chants,
Chaste divinité, t'inspirant sous son voile.

Oh ! oui, nous écoutons trouvère et troubadour,
Près de Blanche ta mère et de Blanche ta fille
Ta lyre s'adressant à Blanche de Castille,
—Mais sachant qu'il n'est rien qu'honneur en cet amour ;

Que ton cœur satisfait de contempler la reine,
Admire sa vertu non moins que sa beauté ;
Que jamais tu n'osas blesser sa chasteté,
Et que tout ton bonheur fut de porter sa chaîne.

— Blanche est pour ce beau sire un astre dans les cieux.
Néanmoins, pour Thibault la reine a de l'estime,
Son cœur de femme a lu dans sa pensée intime
Et lui, vit du rayon tombé de ces deux yeux.

Mais quelle que soit l'heure où la reine l'appelle,
Thibault tire l'épée ou cesse le combat,
Poète par amour, et par devoir soldat
Il a pour devise : « elle ! elle encor ! toujours elle ! »

Pour elle, il a perdu tout son comté de Blois ;
Perdu tous ses amis et presque la Champagne.
— Blanche n'a pas voulu devenir sa compagne,
Étant veuve... — Et pour elle, il a fait des exploits.

Pour ne rien obtenir de sa cruelle dame,
Aux seigneurs que pour elle, il avait combattus,
Il lui fallut payer quarante mille écus
Et vendre ses comtés... il eût vendu son âme !

D'autres se moqueront de ce culte idéal,
Où le cœur, consumé par le dieu qu'il admire,
Ressemble au vase inerte où se brûle la myrrhe :
Moi, j'en ai le respect, car l'amour est fatal !

Ni sa première femme aux doux yeux de pervenche,
Qu'il quitta quand il sut qu'il était son cousin,
Ni la seconde Agnès, ni Marguerite enfin !
N'ont chassé de son cœur la vision de Blanche.

---

# JACQUES PANTALÉON

## I

Eglise Saint-Urbain, chef-d'œuvre d'un génie !
Temple qu'avec orgueil on montre à l'étranger,
Nous ignorons la main dont le ciseau léger
Sut te donner ta forme et ta grâce infinie !

Mais personne de nous n'ignore, ô pape Urbain,
Que toi-même as fondé ce palais de dentelle,
Pour immortaliser la maison paternelle,
L'échoppe où le travail gagnait ton premier pain ;

Et que nous te devons notre collégiale,
Témoignage vivant de ton amour des arts,
Montrant à nos enfants que, l'égal des Césars
Tu conservais au cœur ta piété filiale !

Oui, nous savons qu'ici, le soleil du matin,
Qui prosterne sa gloire au fond de cette abside,
Au pied du tabernacle où Dieu, dit-on, réside
Souriait à tes jeux, dans un passé lointain.

Qu'au lieu de l'archivolte encadrant la fenêtre,
Où de savants vitraux nous tamisent le jour ;
Qu'au lieu de ce joyau d'architecture à jour,
Haute conception d'un admirable maître ;

Où sont les arcs-boutants qui portent ce vaisseau,
A plus de sept cents ans, disparus dans l'espace,
Sous un très pauvre toit, à cette même place,
L'enfant d'un cordonnier riait dans son berceau.

Et celui qui des rois devait être l'arbître,
— Comme l'enfant Jésus chez le bon charpentier, —
Aidait dans son travail l'honnête savetier,
Le soir, quand il quittait l'école du chapître.

« Jacques n'a pas la main d'un gueux, ni d'un soldat,
Disait Pantaléon, en guidant son alène,
« Mais pour les pauvres gens dont la besace est plein
« De maux... le mieux encor est d'avoir un état. »

« Il sera pape un jour ! » lui répondait sa femme.
— Providence de l'homme ! ô mère ! ange gardien !
Ce que nous ignorons, toi ton cœur le sait bien,
Car c'est avec l'amour que s'éclaire ton âme !

## II

Jacques Pantaléon n'était pas cardinal,
Il était hors d'Europe, au pays infidèle,
Quand on lui vint offrir, de la ville éternelle,
Le trône d'Alexandre et le pouvoir papal.

Le patriarche alors s'éloigna de Solyme,
Il avait achevé son chemin de la croix.
Rome lui réservait la pourpre de ses rois,
Sa mère avait dit vrai, dans son instinct sublime!

Juge des nations, des rois, de l'empereur,
Malgré l'encens des cours, malgré la flatterie,
Il n'oublia jamais sa mère et sa patrie,
Et c'est son plus beau titre à l'immortel honneur!

---

# JEANNE D'ARC DEVANT TROYES

## I

Place au roi Charles Sept, au vainqueur d'Orléans !
Anglais et Bourguignons, quittez vite céans !
Fuyez ! voici venir Jeanne la vengeresse
De ce honteux traité dont la pensée oppresse
Les pauvres Champenois qui tremblent asservis.
O Troyens, vive Dieu ! — Baissez vos ponts-levis,
L'armée et le Dauphin sont aux portes de Troyes.
Monte sur tes remparts, ville, afin que tu voies
L'ange libérateur déployer le drapeau
Du peuple franc que Dieu rappelle du tombeau !
Mais quoi donc ! les hérauts sont malgré leurs bannières
Du haut de la muraille accueillis par des pierres,

Et les Troyens, soufflant la haine en leurs clairons,
Chassent les gens du roi devant leurs escadrons.
Puis après cet exploit de guerre criminelle,
Ils rentrent satisfaits dans leur cité rebelle
Que la herse de fer hérisse de ses dents.

Or, en ville, on émet des avis discordants.
Las de voir dans ses murs l'ennemi qu'il supporte,
Le peuple veut ouvrir toute grande sa porte :
Jeanne et le roi, suivis de rudes compagnons,
Mettront bien vite en fuite Anglais et Bourguignons,
Écorcheurs, retondeurs, véritable vermine,
Qui par sa cruauté redoutable domine.
Et le peuple voudrait qu'on ouvre sans retard
Au messie annoncé par le moine Richard,
En décembre, il disait : « Semez ! semez la fève !
Celui qui doit venir s'en vient et l'heure est brève. »

Le clergé, les bourgeois et les gens des métiers
Veulent ouvrir au roi.
Comme ses officiers
La garnison entière est pour la résistance,
Rochefort et Plancy, parlant avec jactance,
Raillent le bon Dauphin qui, bercé loin des camps,
Choisit pour général une fille des champs.

— Quel espoir peut-il bien mettre en cette *coquarde ?*
— Est-ce avec deux canons, une seule bombarde
Que ce bon roitelet pense les assiéger ?

— Mais d'autres près de Jeanne ont cru voir voltiger,
Effleurant l'étendard qui flotte sur ses hanches,
Symbole de triomphe, un essaim d'ailes blanches,
De joyeux papillons, fêtant les fleurs de lis
Que l'écharpe de soie enroule de ses plis.

Roi, garde bon espoir en la ville fermée.

Mais la faim cependant fait murmurer l'armée
Et la troisième aurore assemble un grand conseil,
Sous la tente royale où sourit le soleil.
Archevêque de Reims et chancelier de France,
Regnault de Chartres dit : « quelle est notre démence
« De vouloir assiéger sans vivres, sans canons
« Cette bonne muraille et ces fossés profonds ;
« C'est mourir l'arme au poing sous les flèches du Parthe.
« Sire, qu'attendons-nous ?—N'est-il pas temps qu'on parte !
« A rester sous ces murs, pourquoi nous entêter,
« Nos chevaux n'ont plus même un brin d'herbe à brouter.
« Pendant trois jours entiers les promesses de Jeanne,
« Aux soldats affamés ont pu servir de manne,

« Mais, sire, on ne peut pas toujours tromper la faim ;
« Et sur quoi comptez-vous pour les nourrir demain ?
« — Ces marais ont donné ce qu'ils avaient de fèves,
« Sire, les affamés n'ont jamais trouvé brèves
« Les heures ; et la faim conseille mal les gens. »

La lâche peur glaçait le cœur des assiégeants,
Et tous les conseillers, les premiers du royaume
L'amiral de Culant, le comte de Vendôme
Et La Hire et Xantraille et le duc d'Alençon
Insistaient pour partir.
Mais Robert le Maçon
Demande que d'abord on consulte Jehanne.

Silence ! mes seigneurs, la jeune paysanne
Va, la main sur son cœur, parler en vieux soldat.
Et, relevant bien haut votre âme qui s'abat,
Elle-même elle veut vous mener à la gloire.
« — D'abord, promettez-vous, dit-elle, de me croire
Ou m'interrogez-vous pour railler seulement ? — »
« — Nous écoutons toujours qui parle sagement. »
« — Cette ville est à vous, si vous voulez la prendre,
« Gentil roi, pour l'avoir, il vous suffit d'attendre :
« La ville sera vôtre avant qu'il soit trois jours. »
Cet ange de conseil n'a pas d'autres discours.

Elle monte à cheval et d'un bâton armée,
Elle parcourt le camp encourageant l'armée.
Elle fait avec ordre aller ses écuyers,
Et, comme un général, commande aux chevaliers,
Elle place chacun avec intelligence,
Est partout, songe à tout, fait grande diligence,
Utilise avec art poutre, chevron, fagot,
Pour combler le fossé le plus propre à l'assaut,
Elle-même pointant son unique bombarde,
Elle étonne et ravit son camp qui la regarde
Et la ville aux trois tours qui, pour forcer son mur,
Voit l'ennemi conduit par ces deux yeux d'azur.
Troyens ! n'engagez pas la lutte fratricide...
Baissez le pont-levis ! voyons ! qu'on se décide !

— Acclamer Charles Sept, mais ! c'est briser vos fers !
C'est laver à jamais — sans le sang des batailles,
La honte d'une paix qui souille vos murailles.
C'est rompre le traité de l'infâme Isabeau
Que vous avez signé tremblants sous le couteau,
Mais que vous déchirez dès que vous êtes libres !
— A moins d'être vendus, d'être traîtres, d'être ivres,
Vos armées ne vont pas massacrer des Français,
Quand on manque de bras pour faucher les Anglais !

## II

— Vive Dieu ! nous avons sauvé notre mémoire !
Nous sommes à jamais absous devant l'histoire,
Car le Dauphin de France a reçu notre foi
Et la ville a crié vive Jeanne et le roi !

---

## PLUIE DE FROMENT A L'HUITRE

### PRÈS D'ARCIS-SUR-AUBE EN 1524

Sous l'outil des maçons ratissant ses murailles,
Pour les débarrasser de leurs brunes écailles,
Le temple de Saint-Jean, construit en minaret,
Perd le manteau poudreux dont le temps le couvrait,
Et ses inscriptions conservant la mémoire
D'un fait que l'avenir refusera de croire.
O moines, pourquoi donc effacer sur ces murs
Un témoignage écrit que les siècles futurs
Auraient assurément accepté sans critique,
N'en pouvant suspecter l'écriture authentique :
— Qui donc, s'il l'avait lu sur ce vieux monument,
Eût douté qu'en Champagne il ait plu du froment,
Aux champs Arcisiens, l'an quinze cent vingt-quatre ?

— Or, comme on voit la grêle ou le grésil s'abattre
Et saupoudrer le sol de ses petits grains blancs,
Un nuage survint qui portait dans ses flancs,
Maints boisseaux merveilleux de cette graine blonde
Que les vents de l'été tourmentent comme l'onde;
Et, tout à coup, cédant sous le poids du trésor,
Ce nuage s'ouvrit, comme un sac d'écus d'or,
Laissant couler partout et pour tous sa richesse.

Et les moins diligents secouaient leur paresse,
Et, d'un si grand bienfait n'étant pas coutumiers,
Se hâtaient à l'envi de remplir leurs greniers.
La moisson se fit donc, ce jour là, sans faucille,
Ainsi qu'il plût à Dieu le père de famille.

---

# LA CHAIR SALÉE

## Ier ET IIe JOUR DES ROGATIONS

Décimateur, l'abbé, sourit aux champs féconds.
Il lui semble déjà que vers le monastère
Roulent les chars pesants chargés des épis blonds.

La semence a germé dans le sein de la terre
Promettant maints épis pour un seul grain de blé !
Et le peuple bénit l'auteur de ce mystère.

Mais couronné de fleurs, de rubans affublé,
Un dragon, fort semblable aux monstres de l'Asie,
Préside cette fête et le peuple assemblé...

Bons abbés de Saint-Loup, par quelle fantaisie
Portez-vous en triomphe hors de votre cité
L'image de Satan, père de l'hérésie ?

— Dans sa sotte impudence et sa témérité,
Suivant la croix du Christ, il précède les prêtres
Soumis en apparence à son autorité.

O profanation du culte des ancêtres !
Allez-vous désormais créer de nouveaux dieux,
Déjà, vous adorez le plus méchant des êtres ;

Le maudit dont l'orgueil épouvanta les cieux ;
Prit le corps du serpent, — métamorphose étrange ! —
Pour posséder la femme au sein des lotus bleus ;

Puis s'en vint au désert, sur ses ailes d'archange,
Eprouver, ô Jésus, ta volonté de fer,
S'écriant : « change en pain ces cailloux, Christ, et mange ! »

Eh quoi ! consacrez-vous vos champs à Lucifer ?
— Vous brûlez devant lui l'encens des sacrifices !
Mais qu'espérez-vous donc du prince de l'enfer...?

— Afin que votre idole ait toutes les délices,
Vos enfants, dépouillant la terre de ses fleurs,
Sur le parcours du monstre, effeuillent leurs calices.

Et la foule empressée à rendre des honneurs,
Jette du bon pain blanc dans la gueule béante
Du dragon qui ne peut que nuire aux moissonneurs.

Pour obtenir ce pain, — qu'avec sa main géante
Votre Dieu fait sortir des sillons coutumiers, —
A quoi bon invoquer la bête mécréante ?

— L'idole ne saurait enrichir vos greniers,
Pas plus que le veau d'or n'eut fait tomber la manne
Pour nourrir Israël à l'ombre des palmiers,

Ou fait sourdre, au désert, l'eau pour la caravane.

## III$^{e}$ JOUR DES ROGATIONS

Nous croyant assez fous pour l'adorer vraiment
Deux jours entiers, le monstre a savouré sa gloire,
Mais contemplez-le donc éconduit dignement !

Après l'ovation, la chute expiatoire !
Lapidez ce faux dieu tombé du piédestal
Et qui croit ressaisir l'autel de la victoire.

Qu'une corde vulgaire en un cercle fatal
Traîne sur les cailloux sa carcasse sonore,
Que les heurts et les coups bossellent son métal.

Dans Satan conspué, c'est Lupus qu'on honore !
Et, tout en poursuivant le monstre en fer battu,
Qu'on acclame saint Loup pour que nul n'en ignore.

O peuple, rends hommage à la haute vertu
Du saint qui fascina l'antique Tartarie
Et soumit Attila sans l'avoir combattu.

— Ce dragon enchaîné n'est que l'allégorie
D'un si grand souvenir qu'elle a rendu vivant
Et du dernier combat contre l'idolâtrie.

— Mais les clercs ont rentré le monstre en leur couvent;
On hissse en son bahut l'idole bosselée,
Elle y doit demeurer jusqu'au printemps suivant,

C'est pour cela, dit-on, que sa chair est salée.

---

## LES VITRAUX DES ÉGLISES DE CHAMPAGNE

*A M. Ch. Regnier.*

A nos fenêtres ogivales,
Dont les ovales
Ont voulu, dans leurs intervalles,
De la dentelle pour cloison,
Dans les interstices des mailles
De leurs ferrailles,
Il fallait ces riches grisailles,
Où chaque saint lit son blason.

De ce gris là dont nos églises
Sont tant éprises,
L'amour teint les prunelles grises
Des yeux des amants languissants :

Il leur faut comme à nos verrières,
    Pour leurs prières,
De ce gris bleu, sous leurs paupières
Qu'ombragent des cils caressants.

On peint de cette couleur tendre
    L'œil d'Alexandre;
L'œil de tous ceux qui surent prendre
L'empire du monde ou des cœurs.
Tel était l'œil dont Bonaparte
    Visait la carte,
Où, pareils aux flèches du Parthe,
S'enfonçaient ses regards vainqueurs.

Tel était l'œil plein de luxure,
    L'œillade impure
De la Vénus dont la parure
S'étalait dans des membres nus.
L'œillade des bleuets aux roses
    A demi-closes
Qui révèlent aux ongles roses
Les plaisirs d'amour inconnus.

Tel était l'œil plein de caresses
Dont les déesses,
Ces savantes enchanteresses
Allumaient dans le cœur des dieux
Les folles passions humaines;
Chargeant de chaînes
Ces immortels qui dans nos plaines
S'exilaient eux-mêmes des cieux.

C'était l'œil gris tendre où Narcisse
Lut son supplice,
Un matin, qu'un fatal caprice
A l'ombre des fleurs du lotus
L'engagea de mirer dans l'onde
Sa face blonde
Qui lui sembla plus belle au monde
Que celle du fils de Vénus.

Ainsi la mystique chapelle,
Dans sa prunelle,
Sous l'architrave de dentelle,
Garde ce bleu gris triomphant

De l'œil séducteur des sirènes,
    Des fleurs des plaines,
De l'œil d'acier des capitaines,
De l'œil du tout petit enfant.

Chez nous plus que partout en France,
    La Renaissance
Avait avec magnificence,
Les prodiguant de-ci de-là,
Peint les vitraux de nos églises,
    Sous les tours grises
Où se déroulent les devises
Des saints en habit de gala!

Et dans notre ville de Troyes
    Où tu nous noies,
Nuée obscure qui tournoies
Sur nos toits, comme un noir vautour,
La prunelle semble moins vive
    Dans chaque ogive,
Où la pâle clarté n'arrive
Que sous la brume d'alentour.

La cathédrale a sa rosace,
Où quand il passe,
Le soleil contemplant sa face,
Ainsi qu'un splendide ostensoir,
Voit un peuple de saints qui grouille
Sous la gargouille
Dans ce réseau de fer que rouille
L'haleine de l'aube et du soir.

Sur ces vitraux, que des artistes
Très fantaisistes,
— Catholiques et calvinistes —
Ont enrichi de leurs dessins,
Dans des verrières narratives,
Sur les ogives,
Peignant des légendes naïves,
Ervy met les dieux près des saints !

Tandis que la mère féconde
Vénus la blonde,
Ouvrant sa couche à tout le monde,
Excite son fils contre nous,

La Vierge sainte que révère
Comme sa mère,
Le pauvre pécheur réfractaire,
Berce Jésus sur ses genoux.

Tandis que Dieu jugeant les hommes
Dit que nous sommes
Les enfants des voleurs de pommes
Qu'il a chassés de son jardin;
Dans un coin, la pâle débauche
Qui fauche, fauche,
Devant, derrière, à droite, à gauche,
Raille la Parque avec dédain.

## LES RONDS DES FÉES AU PAYS DES SORCIERS

Aux plaines d'Orvilliers, sa faucille à la main,
Lorsque le paysan s'en vient couper les seigles,
Il ignore qu'ici, sous l'ombre de leurs aigles,
Campaient les légions du proconsul romain

Il ne peut pas savoir que pour garder les tentes,
Il y eut des fossés où son œil voit des ronds;
De vilains cercles noirs, parmi les épis blonds,
Maléfices jetés dans les moissons flottantes.

Comme Rome, chez lui, n'a pas bâti de murs,
Et qu'il n'a jamais lu, César, tes commentaires,
Il croit que des esprits ont ravagé ses terres,
Quand la lune est nouvelle et les champs sont obscurs.

Et l'homme se lamente, estimant chaque gerbe
Que des pieds inconnus détruisent sous leurs pas :
Où la fée a dansé, l'épi ne mûrit pas,
Avril n'y voit jamais verdir les blés en herbe.

La fée et la péri, pendant les nuits d'été,
Dans le fol tournoîment de leur ronde maudite,
Ont, dans des orbes noirs que la glaneuse évite,
Enté les mauvais sorts et la stérilité.

Les bons petits enfants se rendant à leur classe
N'osent point approcher ces ronds qui leur font peur.
Et le pauvre, en voyant monter une vapeur,
S'il y trouve un épi, jamais ne le ramasse.

Oh ! le pâtre endormi sous les cieux étoilés
Se réveille souvent et ses bons chiens aboient,
Quand les esprits errants, à l'horizon tournoient,
De nuage vêtus et de brouillards voilés.

Et puis, il se rendort, sans troubler leur mystère,
On n'approfondit pas ce qui cause l'effroi :
Ainsi les préjugés nous font toujours la loi ;
Ainsi l'ombre du sphinx effraie encor la terre.

Mais quoi donc ! ô Romains, l'empreinte de vos pas
N'éveille plus chez nous qu'illusions, magie;
Et vos camps retranchés, et votre stratégie,
Qu'était-ce donc alors... on ne s'en souvient pas.

On ne se souvient plus de vous, maîtres du monde!
Mais l'on redoute encor la fée et la péri :
La sottise et l'erreur seules n'ont pas péri :
Les esprits malfaisants dansent toujours leur ronde.

---

# ORIGINE DES TROIS ÉGLISES DE SEFONDS, BLAINCOURT ET DOULENCOURT.

## I

Hors de vos robes dégrafées,
L'aède vous revoit encor
Vous, les trois sœurs, les douces fées,
Guidant votre truelle d'or,
Votre unique et bonne truelle
Dont la lame en glissant nivèle
Les blocs de pierre qu'elle unit.
Chacune de vous, solitaire
Bâtit dans l'ombre et le mystère,
Sa sombre église de granit.

Sous le manteau de la nuit brune,
Étendant le ciment romain,
Aux yeux étonnés de la lune
La truelle change de main.
Comme on voit par un soir d'automne,
Glisser sur le ciel monotone
Une étoile vers l'inconnu,
Ainsi la truelle enchantée,
Tour à tour prise et rapportée,
Se rend vers le but convenu.

Ainsi, comme trois sœurs jumelles,
Trois églises dans le lointain,
Dressèrent leurs flèches nouvelles,
Lorsque la brise du matin
Réveilla la troisième aurore ;
Et l'on vit, comme un météore,
Briller au soleil leur vitrail ;
Et, sur leur croix ensoleillée,
La colombe à l'aile mouillée
Poser ses pattes de corail.

## II

Sous les archivoltes ornées,
Des pleins-cintres percent la tour.
Là, des hirondelles sont nées
Et viennent nicher à leur tour.
— Au clocher roman qui domine
Et semble leur faire la mine,
L'abside et la nef ont souri :
Et, dentelle de Valenciennes,
Renaît des murailles anciennes
L'église en *gothique fleuri* !

---

## LA MORT D'HUEZ

(SEPTEMBRE 1789)

*À Édith et à Savinien.*

Oh ! que les pauvres gens durent être accablés
Quand le soleil de mars ayant fondu la glace
La disette apparut avec cette menace
Que l'août ne verrait pas la faux couper les blés.

Nés dans des temps heureux, vous ignorez, mes anges,
Combien il fut cruel, l'hiver quatre-vingt-neuf !
On se rendait voleur pour posséder un œuf !
Et l'on mangea tout vert le raisin des vendanges.

Les blés étaient gelés : pas même du pain noir !
Les riches seulement mangeaient du pain d'avoine.
Dans l'arche du seigneur, de l'abbesse ou du moine
A peine restait-il pour emplir le semoir...

Les pauvres enduraient l'horreur de la famine :
La faim excuse tout et l'on n'excusait rien.
Sans pitié, l'on pendait un homme, comme un chien.
Pour un oui, pour un non, quelquefois pour sa mine !...

Cependant l'on avait un grand espoir au cœur !
Et sur les fronts soufflait déjà l'ère nouvelle,
En lui-même, sentant quelqu'un qui se révèle,
Le peuple regardait les grands d'un air moqueur.

Mais, malgré son espoir, l'homme traînait sa chaîne,
A Paris l'on sabrait ceux qui criaient : j'ai faim !
Le vieux trône craquait prêt à crouler enfin !
Et son ébranlement menaçait de sa haine.

On ne pouvait avoir du pain qu'au poids de l'or,
Les pauvres affamés n'accusaient que le maître :
Le maire est le coupable ! allons punir ce traître !
La populace accourt à ce cri d'un butor.

Pour sauver la victime il eut suffi d'un brave,
La peur glaça tous ceux qui devaient protester.
L'émeute ne trouva rien pour lui résister
Et traversa la ville entière sans entrave.

Et l'on vit ce spectacle hideux sur nos pavés,
Un honnête homme en proie à la foule en furie,
Traîné la corde au cou le long de la voirie,
Ensanglantant le sol de ses deux yeux crevés !

Or, l'émeute frappa chez l'aïeul de ma mère !
« Soucin ! viens donc ouvrir ! — c'est Huez, ton ami...
— A l'heure du travail t'es-tu donc endormi,
Que ta maison est close ainsi qu'un monastère ! »

Et, faisant un heurtoir, de l'homme qui râlait
Ces affamés saisis d'une rage insensée
Frappaient avec la tête aveugle et défoncée,
Et sous le choc humain la porte s'ébranlait.

Or, Soucin, mon aïeul, seul homme qui fut brave,
— Dans ce jour où chacun tremblait dans sa maison —
Méprisant, calme et fier, le feu, la pendaison,
Cachait le fils d'Huez dans un coin de sa cave...

Très pâle du récit de ce drame sanglant,
Et croyant voir surgir les meurtriers du maire,
J'inondais de mes pleurs le sein de ma grand'mère
Que dans le coin du feu j'écoutais en tremblant.

Or, comme elle avait vu ce crime épouvantable,
Elle communiquait, en contant, sa terreur :
Et moi, pour échapper à la plèbe en fureur,
Entre ses deux genoux, je glissais sous la table...

---

## 1812 - 1814

Nous allons expier ton crime de brumaire,
Géant, qui croit saisir l'empire européen :
Le vent souffle du nord sur ta gloire éphémère,
L'hiver tend contre toi l'arc hyperboréen !

Et voici qu'en Champagne accourt la Tartarie
Faisant saigner les flancs de ses maigres chevaux ;
Comme monte une mer, qui jamais n'est tarie,
Le vent souffle toujours des cavaliers nouveaux.

Ces guerriers blancs comme le gypse,
Sont décrits dans l'Apocalypse,
Leur étendard, comme une éclipse
Répand la nuit sur les chemins ;

Et, dans nos maisons alarmées,
Qu'ébranlent le pas des armées,
Toutes ces bandes affamées
Profèrent des cris inhumains.

L'onde des fleuves s'inquiète
De tant d'ombres qu'elle reflète,
De ces cris que l'écho répète
Et du roulement des caissons;
Et les bises qui les escortent,
Propagent les chants dont s'exhortent
Les hideux cosaques qui portent
Des peaux de loups à leurs arçons.

Le vent m'apporte les paroles
De leur langue par paraboles.
A leurs barbares hyperboles
J'ai senti défaillir mon cœur.
Voici ces chants dont la panique
Me traduit la note ironique :
Telle autrefois l'armée hunique
Nous menaçait d'un ton moqueur.

La mort nous livre
Le sombre livre
Que Jean cachait.
Brisons la cire
Et le cachet :
Nous allons lire
Chaque feuillet !

Peste, famine,
Guerre, ruine
Sont écrits là.
Ces maux ensemble
Tous les voilà :
La terre tremble :
« *Dies illa* ! »

Nouveaux Vandales
Sortez des dalles
Du sombre enfer !
Que le sang pleuve
Sous votre fer !
Qu'il coule en fleuve
Jusqu'à la mer.

Soyez sans âme,
Prenez la flamme
Dans votre main :
Brûlez la gerbe !
Creusez la faim !
Arrachez l'herbe
Qui fait le pain !

Que tout s'écroule,
Sous votre foule
Que rien n'émeut.
— Vengeur du crime,
Un dieu le veut, —
Comblez l'abîme
Où le sang pleut !

Et, franchissant le Rhin, l'antique Germanie
Quitte encor ses forêts d'où la chasse la faim,
La France, lui dit-on, touche à son agonie,
L'on pourra sans danger la dévorer enfin !

Toi, que la *Marseillaise* hurlante ! échevelée !
O France, avait conduite aux faibles nations,
Porter la liberté qu'on a depuis volée...
Vois tes ingrates sœurs massacrer tes lions !

Mais ils ne prendront pas un lambeau de ta gloire !
Tu n'embrasseras point le sceptre de leurs rois,
Car parmi tes soldats retenant la victoire,
Les plus vieux sont encor des conscrits de l'an trois !

Et lui, Napoléon, — menaçant encor Vienne
Sur le dernier cheval qui survit à son char, —
Le sort l'a ramené sous les murs de Brienne
Comme pour rappeler Bonaparte à César.

Voici le conquérant qui fait trembler la terre.
Les rois liguent en vain contre lui leurs efforts,
Alexandre, Guillaume et François, son beau-père,
Pas un d'eux n'a vaincu ses soldats qui sonts morts :

Non ! pas un d'eux n'a pu, dans l'horreur des batailles,
Avec tant de soldats fermant nos horizons
En des rangs si pressés qu'ils semblaient des murailles,
Se saisir de son aigle au prix des trahisons !

Et la France tient tête à l'immense Russie,
A l'Autriche, à la Prusse, au grand déchaînement
De peuples ennemis que la haine associe
Qui, nous voyant saigner, hurlent avidement.

Dans ces jours de carnage, ô terre de Champagne,
Combien les grains de blé, dans ton sol en travail,
Se sont nourris du sang de la jeune Allemagne
Couchée à Champaubert, couchée à Montmirail !

O rudes laboureurs, compagnons des armées,
Avec elles marchant d'un pas bien affermi,
Si vos pieds étaient nus, vos mains étaient armées
De la terrible faux fatale à l'ennemi.

— Honneur ! aux paysans défendant leurs emblaves
Ou tombés sur le seuil de leur maison en feu !
Ils tinrent en échec ces vils troupeaux d'esclaves
Pareils aux Huns conduits par le Fléau de Dieu.

Paysans Champenois ! si la France immortelle,
Pour cesser le combat hissa le drapeau blanc,
Si l'aigle impériale a replié ses ailes,
Non pour se reposer, mais par horreur du sang,

Champenois ! Champenois ! le livre de la gloire
Est grand ouvert pour vous à la page des preux ;
Car vous avez chez vous, retenu la victoire,
Défendu pied à pied la terre des aïeux ;

Et, derniers champions de ces luttes suprêmes,
Dans un cercle de fer et de feux circonscrits,
Vous mouriez étonnant vos ennemis eux-mêmes,
Rendant les vieux soldats jaloux de vos conscrits.

---

## 1870

Qui noircit l'horizon ? — Sont-ce les sauterelles
Que le vent de l'Égypte apporte sur ses ailes
Et qui viennent chez nous dévorer le bon grain ?
— Non point. Ce sont hélas ! les peuples d'Outre-Rhin,
Jaloux du peuple franc et de sa vieille gloire ;
Ils n'aperçoivent plus l'ange de la victoire
Qui, chassant leurs aïeux des hauteurs de Valmy,
Fondait l'ère nouvelle en battant l'ennemi !
Et pas un des héros de l'époque fameuse
Où l'on était sans pain au camp de Sambre-et-Meuse.
Ils n'aperçoivent plus les conscrits de l'an trois,
Ces guerriers en sabots qui poursuivaient les rois !...
Ni les vieux grenadiers d'Ègypte et d'Italie
Dont l'aigle fut plus tard la sanglante folie,

Tous morts à Waterloo... leur épée à la main.

Ils n'aperçoivent plus leur barrant le chemin
Ces braves paysans qui causaient leur alerte
Et les voici venir dans la Champagne ouverte,
Brisant les ceps de vigne et foulant le blé vert,
Rendre hommage à leurs morts couchés à Champaubert!

L'invasion du Nord, redoutable avalanche,
S'écroule dans nos champs où chaque route blanche
Disparaît sous les plis de son long manteau noir.

Ah ! cependant nos mains n'avaient pas laissé choir
Le redoutable glaive à la lame éprouvée
Que le Celte-Gaulois remit à Mérovée
Et que nul n'arracha des mains du peuple franc !
Ce glaive, sur sa lame écrits avec du sang,
Porte les plus grands noms des luttes héroïques !
Les trois jours de combats aux champs catalauniques !...
Tolbiac et Poitiers où le combat fut tel,
Qu'on dit qu'avec ses poings frappait Charles Martel.
Bouvines ! où Philippe eut cet honneur insigne
D'être entre tous les preux reconnu le plus digne.
Les Croisades ! efforts de nos naïfs aïeux ;
Union du grand cœur des nobles et des gueux.

Et ton nom, Jeanne d'Arc ! tout seul une épopée
Parmi ces noms fameux brille sur cette épée.

Terrible à Malplaquet et vainqueur à Denain,
Naguère, on vit, encor, ce glaive, avec dédain,
Tenant tête à l'Europe au cœur de la Champagne,
Creuser pour la Russie et la vieille Allemagne
Des tronçons de sa lame un immense tombeau.
Bien pire que la guerre il existe un fléau
Qui, bien plus qu'elle encore, humilie et dépeuple :
C'est l'envahissement d'un peuple chez un peuple.
C'est le vide que fait devant elle la peur ;
L'abandon du foyer au peuple envahisseur.
C'est cette maladie infâme, épidémique,
Mal qui congèlerait l'univers: la panique !
Or, l'ennemi s'en vient, calme, comme les mers
Si les flots inondaient le sable des déserts.
Il marche sans obstacle et sans tirer l'épée.
Son armée est plutôt à jouir occupée
Qu'à combattre. Elle dort chaque nuit sous un toit
Où son sang n'a jamais rougi l'eau qu'elle boit.
Toujours au crépuscule elle voit la lumière
D'un château, d'une ferme ou bien d'une chaumière,
Promettant au soldat, sous un abri certain,
Bon souper et bon gîte et même une catin !

Et, comme ces Northmans prédits par Charlemagne,
Qui s'en vinrent sans glaive au cœur de la Champagne
Avides du butin qu'abandonne la peur,
Ce peuple d'Outre-Rhin s'en vient en fourrageur
Et croyant au fléau d'Égypte, aux sauterelles,
L'ange de la victoire a replié ses ailes.

---

## AUX ENFANTS DE L'AUBE

### MORTS POUR LA PATRIE EN 1870

Personne n'a vaincu ces enfants qui sont morts !
— Tandis que nous pleurions tristement nos désastres,
Eux, tombés dans la lutte, ils regardaient les astres,
Et, sur le champ d'honneur, ils mouraient sans remords.

Tels que de vieux soldats, chantant la *Marseillaise*.
Soldats improvisés, dans nos jours de malheur,
Comme en quatre-vingt-douze, avec la rage au cœur,
On les a vus partir pour l'ardente fournaise !

Oh ! quand la plaie au flanc et son glaive en tronçons,
La patrie appuyant sa main sur votre épaule,
Vous cria : « Tous debout ! fiers enfants de la Gaule ! »
On vous vit accourir, vous tous, les bons garçons !...

— Habiles à tisser les cotons d'Amérique,
Les ouvriers Troyens, agiles bonnetiers,
Pour s'armer de fusils, laissant là leurs métiers,
S'enrôlaient en criant : « Vive la République ! »

Les fils des paysans qui font pousser les blés,
Tendant aux artisans une main fraternelle,
S'en allaient avec eux à la gloire immortelle...
Mais quoi donc ! ils sont morts, par le nombre accablés !...

— Hélas ! il faut du sang pour abreuver la terre !...
Ni la sueur tombant de nos bras harassés,
Ni les pleurs de nos yeux ne sont jamais assez :
C'est notre meilleur sang qui seul la désaltère ! —

Non ! l'on a pas vaincu ces enfants qui sont morts !
Couvrons pour eux de fleurs l'autel de la patrie !
Parons de nos drapeaux la noble allégorie
Qui rappelle à nos yeux leurs généreux efforts.

---

# TABLE

Impie J. BRUNARD, Troyes, rue Urbain IV, 15.

## OUVRAGES DU MÊME AUTEUR :

*Petits Poëmes de l'Age d'Or.*

EN PRÉPARATION :

*La Chanson du Quartier Latin.*

*La Révolte de la Terre.*

*Le Culte du Soleil*

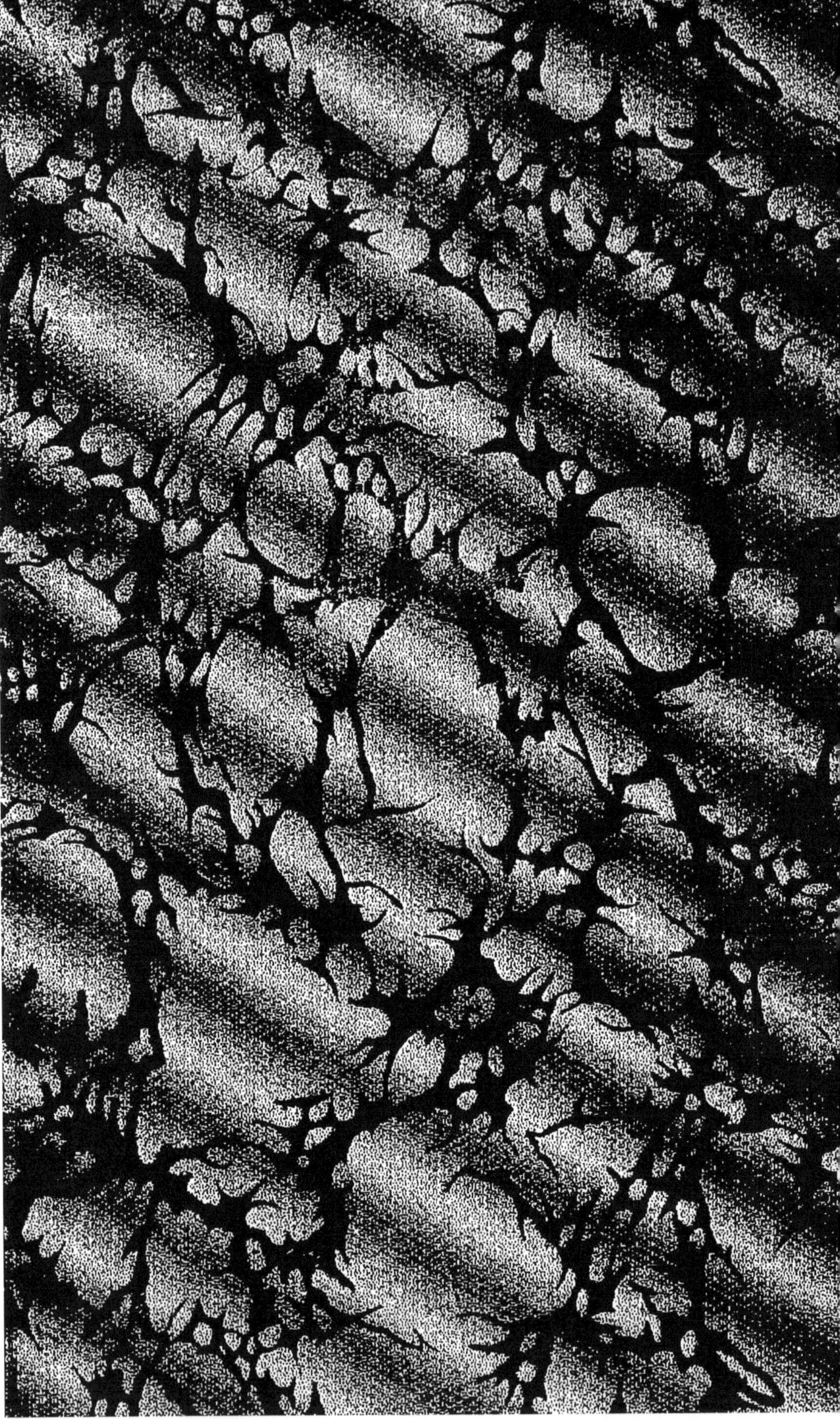

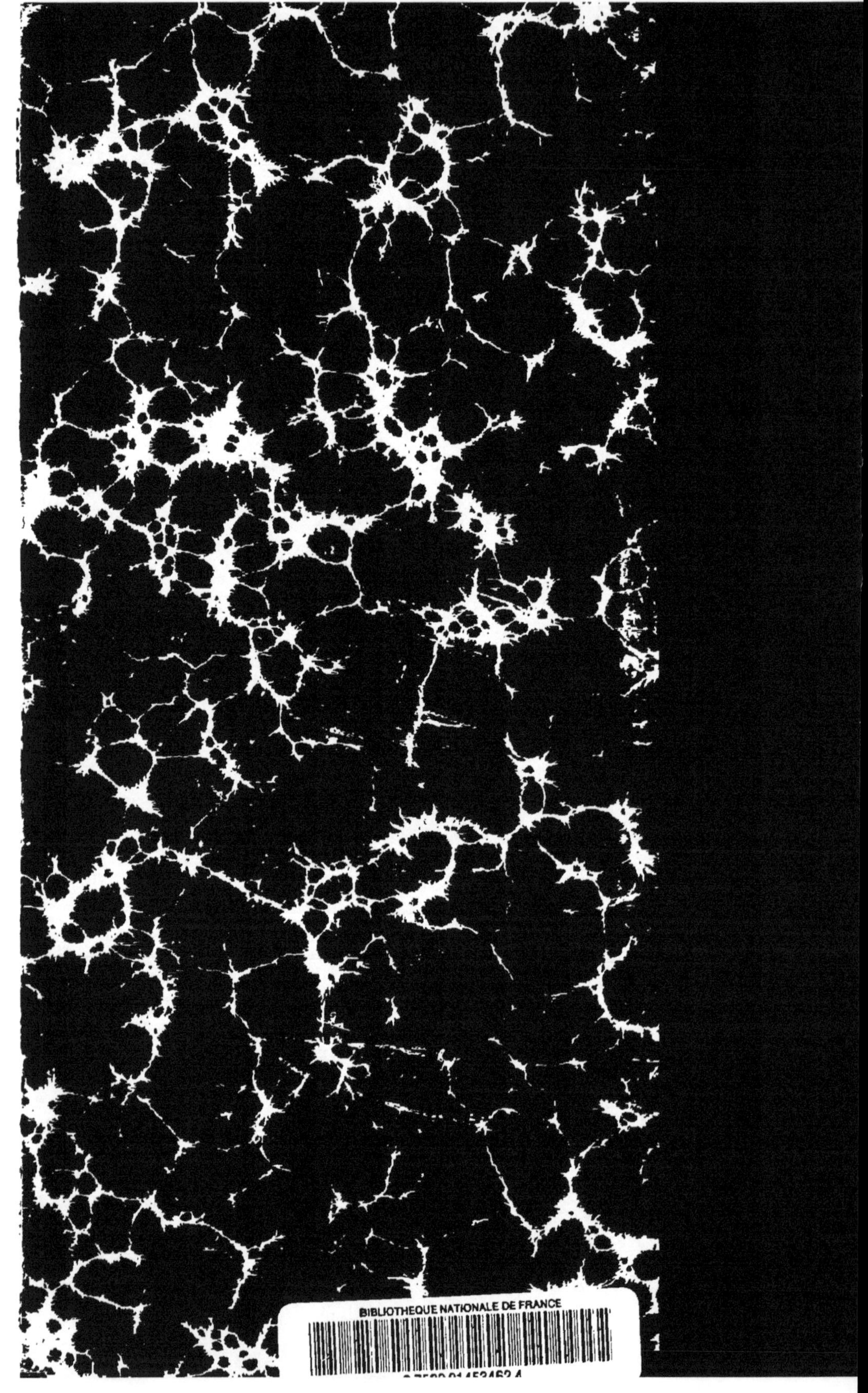
BIBLIOTHEQUE NATIONALE DE FRANCE

www.ingramcontent.com/pod-product-compliance
Ingram Content Group UK Ltd.
Pitfield, Milton Keynes, MK11 3LW, UK
UKHW020246250726
13967UKWH00004B/1541

9 782012 891418